toki shirazu no niwa

時知らずの庭

小森香折　|絵|植田真

時知らずの庭

もくじ

デザイン――植田真／細川佳

1

はじめての仕事

リスのホップは花が大すきで、森の園芸学校に楽しく通っておりました。沈丁花《じんちょうげ》が香《かお》る、春の日のことです。いつも陽気な先生が、むずかしい顔で考えこんでいました。

「先生、どうかなさいましたか」

先生は、はっとしたように顔をあげました。

「おお、ホップくんか。いや、古い知りあいから便りがあってね。庭師《にわし》の見習いを、さがしているそうなんだが」

「それなら、すぐ見つかるでしょうに」

「ところが、そこはとくべつな庭でね。ほかのどこにもない植物が、たくさんある。けれど、その庭で見たことは、秘密《ひみつ》にしなくてはいけないのだ」

ホップはぜひとも、そんな庭で働いてみたいと思いました。そこで自分を紹《しょう》介《かい》してくれるよう、たのみこんだのです。先生は迷《まよ》っていましたが、ホップがあまり熱心なものですから、とうとう承知《しょうち》してくれました。

あくる日、ホップは教えられたとおり、森の奥《おく》へ奥へと進んでいきました。沈《しず》みかけたおひさまが、背中《せなか》を赤く染《そ》めるころ。ホップはようやく、庭の入口にたどりつきました。庭の奥はミルク色のもやでけむり、門柱には太いツタがからまっています。

「うわあ、なんてみごとなツタだろう！」

手をふれたホップは、ぞっとしました。それはツタではなく、ヘビだったのです！　ヘビはかま首をもたげ、黄金色《こがねいろ》の眼《め》をホップにむけました。

ホップのしっぽが、恐怖《きょうふ》に逆立《さかだ》ちました。逃《に》げたくても、指先ひとつ、動かすことができません。

そのとき「来たのね」という声がして、アナグマが出てきました。麦わら帽《ぼう》子《し》には、こぼれるように花が咲《さ》いています。

「わたしは庭師《にわし》のイダ。こわがらなくていいのよ、リリスはここの番人だから」

ヘビが頭をひっこめると、ホップは、やっと動けるようになりました。

ほっとして庭に入ったホップは、目を丸くしました。もやだと思っていたのは、綿毛《わたげ》のかたまりだったのです。つついてみると、それはまるで綿あめのように、指にまきついてきました。

「これ、なんですか？」

「アワイキタイ草《そう》の綿毛よ」

イダは先に立って歩きだしました。ホップは黄色いものがひらひらとんできて、ちょこんとイダの肩《かた》に止まるのを見ました。それは蝶《ちょう》ではなく、花だったのです！

ホップは口をあんぐり開けました。それだけではありません。ホップの三倍も背《せ》の高いスミレだの、ぽんぽん音を立てて咲《さ》くデイジーだの、庭は見たことのない草花であふれていたのです。

「ここは、時知《ときし》らずの庭。外の世界とは、ちょっとちがっているの」と、イダはいいました。「さあ、部屋《へや》に案内するわ。きょうは、ゆっくり休んでちょうだい」

(そういわれたって、興奮《こうふん》して眠《ねむ》れないよ)と、ホップは思いました。けれど部屋には、いいにおいの花が吊《つ》り下がっていて、ホップはいつのまにか、ぐっすり眠っていました。

つぎの日、ホップは朝ごはんをすませると、すぐに庭にとびだしました。

そこは、なんとも奇妙《きみょう》な庭でした。こぢんまりしているようで、どこまで行っても、奥《おく》に続いているのです。

イダは色とりどりのチューリップに、パンくずをまいていました。そのチューリップたちときたら、まるでおなかをすかせた雛鳥《ひなどり》のように、パンくずを待ちかまえているのです。

「はじめの仕事は、雑草《ざっそう》とりですよ」

イダは、黒ずんでちぢれた草を指さしました。ホップはさっそくひきぬこうとしましたが、草はびくともしません。

「これはヤマシイ草《そう》といって、東の森にヤマシイと思っているひとがいるから、この草がはえたの。そのひとを見つけて、気持ちを変えなければ、ヤマシイ草はとれません」

（雑草のとりかたにしては、ずいぶん変わってるなあ）

ホップはそう思いましたが、東の森に出かけることにしました。リリスというヘビは、きょうも門柱にまきついています。

こわごわ門をくぐりぬけると、外はおだやかな春の日です。ホップは、ほおっと息をつきました。

「ええと、なにをするんだっけ。そうそう、ヤマシイひとをさがすんだ」

子育て中のカエルに声をかけると、カエルはむっとして答えました。

「ヤマシイ、だって？　こっちはいそがしくて、ヤマシがるひまもないよ」

つぎに声をかけたウサギは、つんとしていいました。

「失礼ね。あたしはヤマシイじゃなくて、やさしい性格《せいかく》だわ」

ホップは、こまってしまいました。動物たちは春を楽しむのにむちゅうで、ちっともヤマシそうではありません。

小川のほとりを進んでいくと、どこからか、ふかーいため息が聞こえました。

ホップは足を止め、耳をすませました。

こんどは「あーあ」という、投げやりな声。

ホップは、声が聞こえたほら穴《あな》をのぞきました。やせたキツネが、すみっこに丸まっています。

「こんにちは！　もしかして、あなたはヤマシイですか？」

キツネは、ぎくりとして顔をあげました。

「なんだと？　ヤ、ヤマシイことなんかないぞ。そうとも。オレはなんにも、悪いことなんぞしちゃいない。なんだって、オレがヤマシイと思うんだ？」

キツネはホップを、こわい顔でにらみつけました。わけを話そうとしたホップは、言葉につまりました。時知らずの庭のことは、秘密《ひみつ》にしなければいけないのです。

「ごめんなさい。ぼく、鼻がきくんです。このほら穴《あな》から、ヤマシイにおいがしたもんですから」

「ヤマシイにおいだって？　ほんとうか？」

キツネは不安げに、くんくんとにおいをかぎました。そしてすみにある、葉っぱの山に目をむけたのです。ホップはぴんときて、そこを指さしました。

「ええと、とくに、あのあたりが」

キツネは顔色を変え、がっくりと肩《かた》を落としました。

「そうか。ヤマシサってのは、におうもんなんだな。オレも、そんな気がしていたよ」

「あそこに、なにがあるんです？」

キツネが葉っぱの下からとりだしたのは、古びた一通の手紙でした。

「こいつは西の森にいる、幼《おさな》なじみのルネからもらった手紙さ。返事をきょう書こう、あした書こうと思っているうちに、いつのまにか七年もたっちまった。七年だぜ？　いまさら手紙も書けないし、あいつはオレのこと、つめたいやつだと思ってるだろうな」

キツネはまた、ふかぶかとため息をつきました。

ホップは、ぽんと手を打ちました。

「そうか。キツネさんは、やさしいんだ」

「オレが？」

「ええ。ぼく、ヤサシイとヤマシイは、ちがうことだと思っていたんです。でもヤマシイのは、ヤサシイからなんですね。だって、キツネさんは七年のあいだずっと、お友だちのことを気にしていたんでしょう？　やさしくなければ、そんなこと、とっくに忘《わす》れていたはずなのに」

「でもオレは、やさしくなんかないし、やさしいなんて、だれからもいわれたことがないぜ」

キツネは照れたように、葉っぱをけちらしています。

「ねえ、キツネさん。友だちから手紙をもらって、いやなひとなんていませんよ。いまからだって、手紙を書けばいいじゃありませんか。ぼくだったら、かたちだけの返事をもらうより、そのほうがずっとうれしいな」

「やだよ、いまさら。それにオレ……」

「なんです？」

「字がへたなんだよ」

「だったら、お友だちに会いに行きましょうよ！　西の森までハイキング！」

「だけど七年だぜ？　ルネはもう、ひっこしちまったかもしれない。オレのことだって、とっくに忘《わす》れてるよ」

ホップはぐずぐずいうキツネをはげまして、西の森へむかいました。それにほんとうに、歩かずにはいられないような天気だったのです。ホップはいつのまにか、これが雑草《ざっそう》とりの仕事だということも忘れていました。

もうすぐ西の森というところで、喪服《もふく》を着た山猫《やまねこ》に会いました。

「お葬式《そうしき》ですか？」

「ええ。西の森のキツネが亡《な》くなったのです。いいやつでした！　まことに義《ぎ》理《り》がたくてね」

キツネとホップは、むなさわぎがして、足を速めました。西の森には、黒い服を着た動物たちが、つぎつぎに集まってきます。キツネはかたい顔で、ひとことも口をききません。

ホップたちは、とうとうお葬式《そうしき》の会場につきました。キツネはぶるっとからだをふるわせると、集まった動物たちを押《お》しのけて、棺《ひつぎ》にかけよろうとしました。

「きみ、しっけいじゃないか」

たくましいキツネが、それを止めました。ふたりのキツネは、歯をむいてにらみあっています。ホップがわって入ろうとすると、キツネたちのしっぽが、ゆれはじめました。

「ルネ？」

「ザジか？　やあ、どうしてここに？」

フクロウにしっと注意されて、ふたりのキツネは、うしろに下がりました。

「会えてよかった！　オレはてっきり、おまえの葬式《そうしき》かと思って、肝《きも》を冷やしたよ！」

「おいおい、そりゃないぜ。亡《な》くなったのは、キツネの長老さ。やすらかな最期《さいご》だったよ。それより、ひさしぶりだなあ」

「ああ。恥《は》ずかしくて、顔を出せなかったんだ。ほんとうにすまない。許《ゆる》してくれ。長いこと、手紙に返事も出さないで」

「へえ？　オレ、手紙なんか出したっけ？　それより葬式が終わったら、うちへ来いよ。つもる話をしようぜ」

顔を輝《かがや》かせているキツネを残して、ホップは、その場を去りました。

時知らずの庭にもどったホップは、ヤマシイ草がどうなったか、見てみました。

ヤマシイ草は、なくなっていました。そのかわりに、ふちがほんのり紅色《べにいろ》に染《そ》まった、白い花が咲《さ》いていたのでした。

2

モドリ虫退治

ホップが思うに、庭師《にわし》はふたつのタイプにわかれます。

ひとつめのタイプは、ミツバチ型。土の配合を考えるのにどのくらい時間がかかったか、いま育てている品種がどんなにとくべつか、ブンブンブンブン、おしゃべりが止まりません。

ふたつめは、植物型。ものしずかで、むだなおしゃべりは、いっさいなし。どこか神秘的《しんぴてき》で、あわてることがない。時知らずの庭のイダは、こちらのタイプでした。

ある日、空気のにおいをかいで、ホップはいいました。

「だいぶ、じめじめしてきましたね。虫たちのお出ましだ」

イダはだまって、花がらをつまんでいます。

「やっかいですよね。カタツムリとか、アブラムシとか」

「そのぐらい、どうってことはありませんよ。それより、アッカンベー草《そう》に水をあげてくれる？」

じょうろを手にして、ホップは水やりに行きました。

アッカンベー草は、花びらの一枚《まい》だけが、長くて赤いのです。きのうから満開で、ホップはいっせいに「アッカンベー！」されている気分になりました。

ところがアッカンベー草の花は、きょうは一輪もありませんでした。あるのは、かたいつぼみだけ。

くきには、ぶかっこうな茶色い虫が、頭を下にして止まっています。

「なんだ、この虫」

ホップは虫をつまみあげ、ほかにもいないかどうか、目をこらしました。

「これ一匹《ぴき》、みたいだな」

よく見ようとすると、虫はもう指のあいだに、いませんでした。

「あれれ、いつ逃《に》げたんだ？」

虫はいつのまにか、はじめに見つけた場所に、もどっていました。

ホップはもう一度虫をつまみあげ、こんどはガラスびんにいれると、しっかりふたを閉《し》めました。

「これで、よしと」

ホップはていねいに、アッカンベー草を調べました。虫に食われているところは、どこにもありません。

ガラスびんに目をもどしたホップは、目をうたがいました。

虫が、いなくなっていたのです!

見れば、虫はまたアッカンベー草に、はりついているではありませんか。

ホップは、虫をもう一度びんにいれてみました。ところが、ぱちんとまばたきするあいだに、虫はまた、びんからぬけだしていたのです。

「イダさん! へんな虫がいるんです」

見に来たイダは、顔をしかめました。

「まあ、モドリ虫だわ」

「そうそう。こいつ、いくらつかまえても、もとのところにもどっちゃうんです」

「モドリ虫がやっかいなのは、それだけじゃないわ。モドリ虫がつくと、花はつぼみにもどってしまうの。そのつぼみも、じきに消える。植物はどんどんちいさくなって、種にもどってしまうのよ。そしてその種からは、もう芽が出ないの」

「ええ？　そんなことが、あるんですか」

「だれかが、終わったことばかり考えていると、モドリ虫が出てくるの。退治《たいじ》するには、南の谷に行って、そのひとの気持ちを変えなければいけないわ。ホップ、お願いね」

ホップはひとりになると、ふしぎに思いました。

「南の谷か。イダさんはどうして、さがす方角がわかるんだろう？」

うしろで、きぃきぃ笑う声がしました。ふりむくと、足の太い、おかしな顔の鳥が立っています。

「きみ、だれさ」

「オレは、ドードー鳥のキミドリ。そっちは、あたらしい見習いだろ。あんまり、かしこそうじゃないけどな」

「どうして、そう思うのさ？」

「モドリ虫がいたのは、庭の南側のくぼ地じゃないか。だから、さがすのは南の谷。そんなこともわからないようじゃ、モドリ虫退治《たいじ》は無理だね」

「ぼくは庭師《にわし》だもの。なにもしないで、あきらめたりしないよ」

ホップは庭を出ると、南の谷をめざしました。

（さあて。こんどさがすのは、終わったことばかり考えているひとだ）

ホップの頭にうかんだのは、親戚《しんせき》のリュカおばさんでした。「わたしが若《わか》いころは、もてまくっていた」だの、「むかしは、子どもは親に口答えしなかった」だの、終わってしまったことしか話さないのです。

残念ながら、リュカおばさんが住んでいるのは、南の谷ではありません。

南の谷には、ひっそりした湖がありました。

湖のほとりの家のポーチに、シカのおばあさんが腰《こし》かけています。おばあさんは、ぼんやり湖をながめていました。

（きっと、思い出にふけっているんだな。モドリ虫の原因《げんいん》は、このひとかも）

ホップは、おばあさんに声をかけました。

「こんにちは。もしかして、終わったことを考えているんですか？」

「終わったこと？　いいえ、わたしが考えていたのは、かわいい孫のことですよ。元気でいるかしらって」

「それは、失礼しました。むかしのことを、あれこれ考えるときはありますか？」

「いいえ。よかったことも悪かったことも、ぜんぶわたしの人生ですもの。終わってしまったことで、くよくよしたくないわ。ところで、どうしてわたしに、そんなことを聞くの？」

ホップはおばあさんに、モドリ虫のことを話したくなりました。けれど時知らずの庭のことは、秘密《ひみつ》にしなければならないのです。

「ちょっとわけがあって、終わったことばかり考えているひとを、さがしているんです」

「あらまあ。だったら漁師《りょうし》のグリンかしらねえ。あの茶色いボートが見える？ボートのわきに、座《すわ》っているひとよ」

グリンは、中年のカワウソでした。むっつりした顔で、水面《みなも》を見つめています。

ホップが声をかけると、グリンは鼻を鳴らしました。

「こんな湖へ、なにしに来た？　むかしとちがって、魚はめったに、釣《つ》れやしないよ」

「むかしはいっぱい、魚がいたんですか？」

「ああ、むかしはな。いきのいいマスがうんといたっけ。息子《むすこ》といっしょに、町まで売りに行ったもんだ。いまじゃ魚はいない、息子もいない、なんにもなしだ」

「息子さんはいま、どこにいるんです？」

「町さ。こんなところじゃ、食っていけないからな。年よりばかりの谷で、どうするっていうんだ？　いまじゃ魚はいない、息子もいない、なんにもなしだ」

「どうして、魚がへったんでしょう？」

「欲《よく》ばりのクマたちが、ぜんぶさらっていきやがったんだ。いまじゃ魚はいない、息子《むすこ》はいない、なんにもなしだ」

「でも、息子さんはいるでしょう？　亡《な》くなったわけじゃないんだから」

「まあな。でも、ここにはいない」

「ぼくは庭師《にわし》の卵《たまご》ですけど、ひとつの花がうまくいかなかったら、べつの花を育てますよ。マスでも、マスでなくても、魚を育てればいいじゃないですか」

「そうかんたんには、いかないさ。いまじゃ魚はいない、息子も……」

「生きもの相手に、かんたんにいくことなんて、ありませんよ。庭師っていうのは、未来を見る仕事なんです。この種を植えたら、こういう色の花が咲《さ》く。この草は一年で、このぐらいのびる。いつでも先のことを想像《そうぞう》して、庭をつくっていくんです」

「そりゃ、おまえさんは若《わか》いから、なんだっていえるさ」

「ほんものの庭師《にわし》は、みんな年よりですよ」

カワウソは、首を横にふりました。

「悪いが、オレのことはほうっておいてくれ。魚だって、息子《むすこ》だって、もどってきやしないのさ」

それいじょうは、ホップがなにをいっても、カワウソは返事をしてくれませんでした。

ホップは庭にもどると、イダにあやまりました。

「すみません。うまくいきませんでした」

「あきらめるのは、早いわ。花だって、咲《さ》くには時間がかかるでしょう? まずは、土を耕《たがや》すことから、はじめないと」

そこでホップは、南の谷に通いはじめました。

けれどカワウソのグリンは、いつまでたっても無愛想《ぶあいそう》でした。

庭のモドリ虫も、相変《あいか》わらず。アッカンベー草は、日に日にちいさくなっていきます。

ホップはグリンのとなりに座《すわ》り、おしゃべりをしては、いっしょにおべんとうを食べました。グリンの家を片《かた》づけ、庭に花も植えてみました。

「ねえ、グリンさん。未来の湖が見えませんか。魚がふえて、息子《むすこ》さんももどってくる。そしてまたいっしょに、魚をとるんです」

「夢《ゆめ》物語は、よしてくれ。よけい、つらくなっちまう」

グリンは、むすっとしたままです。

（きょうも、だめか）

帰ろうとすると、グリンはぶっきらぼうに、魚の入ったかごを差し出しました。

「もっていきな。こんなものしか、ないけどよ」

「え？　いいんですか、せっかく、釣《つ》れたのに」

「いいってことよ。息子《むすこ》がいなくなってから、釣りに出たのなんぞ、ひさしぶりだったからな」

ホップは魚を、シカのおばあさんにもわけました。

「ここから見ていると、あなたたち、親子のように見えたわよ。それで考えたんだけど、こんど、三人でお茶でもどうかしら」

「いいですね。ぼく、グリンさんを、さそってみますよ」

グリンは無愛想《ぶあいそう》な顔で、シカの家にやってきました。ホップたち三人は、湖をながめながら、おいしいお茶をいただきました。

その日庭に帰ると、アッカンベー草は、もう数センチほどの丈《たけ》にちぢんでいました。

けれど、その上で、モドリ虫は脱皮《だっぴ》していたのです。茶色い殻《から》から出てきたのは、むらさき色の、とてもちいさな蝶《ちょう》でした。蝶はおずおずと触角《しょっかく》をふるわせ、じいっとしています。

ホップはしゃがみこみ、蝶を見守りました。風がふたりを、くすぐっていきます。

やがて蝶は羽をひろげ、ホップの上をくるりととんで、庭の奥《おく》に消えていったのでした。

3

から豆のお祭り

ホップは、豆の木を見上げました。はちきれそうな実が、すずなりになっています。

「ずいぶん大きな、そら豆ですね！」

「これはそら豆じゃなくて、から豆よ」と、イダはいいました。「さやがはじけても、中にはなにも入っていないの。だから、から豆」

「なあんだ。そら豆のほうが、よっぽどいいですね。あれは、おいしいもの」

さて。その夜のことです。

ホップはめずらしく、夜中に目をさましました。

(なんだろう。庭のほうから、音が聞こえるぞ)

ホップはベッドをすべりおり、庭に出てみました。あかるい月の光が、庭をくまなく照らしています。どこからか、草笛《くさぶえ》を鳴らす音や、笑いさざめく声が聞こえました。

音をたよりに進んでいくと、そこは、から豆がなっている場所でした。見ればみどり色の、丸々した豆が、つぎつぎにさやからとびだしてくるではありませんか。
（うわあ。から豆って、からっぽじゃなかったんだ！）
ホップは草むらにかくれて、ようすをのぞきました。豆たちは目にも止まらぬ速さで、ぴょんぴょんはねまわっています。
ひとつの豆が、陽気に歌いだしました。
「さあ　このひとときを　楽しもう
これから三晩《みばん》は　秘密《ひみつ》のお祭り
しゅっぽん　しゅっぽん　しゅっぽんぽん
まめに　はじけて　遊ぼうよ
朝の光が　照らすまで」

から豆たちは手に手をとって、はずむように踊《おど》りだしました。ぴょんぴょん、くるくる、なんとも楽しげなようすです。ホップは自分も踊りたくて、うずうずします。

「いやっほう！　ぼくも仲間にいれとくれ！」

ホップは草むらから、とびだしました。ところが、ホップがあいさつしようとすると、豆たちは、ひとつぶも残ってはいませんでした。みんなすばやく、からの中にもどってしまったのです。

「だいじょうぶだよ、ぼく、なにもしやしないよ。出ておいでよ！」

ホップがいくらさそっても、豆たちは、もう出てきませんでした。

あくる日、ホップはイダに、自分が見たことを話しました。

「から豆が、真夜中にお祭りをしていたですって？　それは、すてきな夢《ゆめ》だこと」

「夢《ゆめ》なんかじゃ、ありませんよ。イダさんだって、見ればわかります。あと二《ふた》晩《ばん》は、お祭りが続くんですって！」

「でも秘密《ひみつ》のお祭りなら、見物するわけにはいかないわね」

そういわれても、ホップはもう一度、お祭りを見たくてたまりません。

（今夜は、かくれて見るだけにしよう。そうしたら、邪魔《じゃま》することにならないもの）

ホップはベッドに横になり、わくわくしながら、真夜中になるのを待ちました。

ところが。

ホップが目をさましたときには、とっくに夜《よ》が明けていたのです。おまけにからだがだるくて、目はまっ赤《か》です。

（あれえ、ぼく、どうしちゃったんだろう）

仕事しながらも、ホップはふらふらして、あくびが止まりません。

ドードー鳥のキミドリが、声をかけてきました。

「なんだい、その赤い目は。グッスリ草《そう》の蜜《みつ》でも、なめたのかい？」

「ううん。蜜なんか、なめちゃいないよ。それにグッスリ草なんて、聞いたことがないや」

「ちぇっ、きみはまったく、なにも知らないんだな。グッスリ草は、『妖精《ようせい》の睡眠薬《すいみんやく》』って呼《よ》ばれているんだぜ。蜜をなめると、ぐっすり眠《ねむ》っちまうから」

キミドリが見せてくれたのは、筒《つつ》のかたちをした、黄色い花でした。筒の奥《おく》には、透明《とうめい》な蜜がたまっています。

けれどホップが花びらにふれると、花は、ぴたっと閉《と》じてしまいました。

「おや。これじゃ、蜜がとれないね」

「すばしこいやつでなきゃ、グッスリ草の蜜はとれないよ。だから『妖精の睡眠薬』なのさ」

キミドリは、自慢《じまん》げに胸《むね》をそらしました。

その夜。ホップが寝間着《ねまき》に着替《きが》えていると、部屋《へや》のすみを、さっとなにかが横ぎりました。

（あれ。なんだろう）

部屋を見まわしても、動くものはありません。

気のせいかと思っていると、机《つくえ》のうしろで、かすかな音が聞こえました。机には寝《ね》る前に飲む、カミツレ茶のカップが置いてあります。

ホップは手を洗《あら》うふりをして、机を背《せ》にして、鏡をのぞきました。すると、みどりのから豆がジャンプして、机にあがってきたのです。から豆はグッスリ草の花をつかって、お茶の中に、蜜《みつ》をたらしているではありませんか。

（そうか！　から豆は邪魔《じゃま》されたくなくって、ぼくに睡眠薬《すいみんやく》を飲ませる気だ。

夕べのお茶にも、グッスリ草の蜜《みつ》が入っていたんだな)

豆は床《ゆか》にとびおりると、椅子《いす》のかげにかくれました。そこから、ホップをうかがっているようです。

ホップはカップをとり、お茶を飲むふりをしました。

から豆はそれを見届《みとど》けると、窓《まど》から外へ、とびだしていきました。

(ようし。から豆をだしぬいてやったぞ!)

ホップはうきうきして、真夜中を待ちました。

今夜は雲が、月をかくしています。暗い庭に出たホップは、木にのぼり、しげった葉のあいだから、お祭りをのぞきました。

お祭りは、おとといの晩《ばん》より、さらに盛《も》り上がっていました。

から豆たちは、ホオズキの提灯《ちょうちん》をふりまわしています。騎馬戦《きばせん》をしている豆を、応援《おうえん》しているのです。

豆のさやで舟遊《ふなあそ》びしている豆もいれば、ぶらんこをしている豆もいます。
「さあ　このひとときを　楽しもう
きょうが祭りの　さいごの夜だ
しゅっぽん　しゅっぽん　しゅっぽんぽん
まめに　はじけて　遊ぼうよ
朝の光が　照らすまで」
から豆のコーラス隊が、にぎやかに歌っています。
ひときわ大きな豆が進み出て、花に声をかけました。
「こんばんは、百合《ゆり》の奥方《おくがた》！　ごきげんはいかがですか？」
ホップの耳に、絹糸《きぬいと》のような、かすかな音が届《とど》きました。「そうですか、それはなにより！」と、から豆が応《おう》じたところをみると、どうやら百合が、しゃべっているようです。

ホップは、耳をすませました。けれど百合《ゆり》がなんといっているか、聞きとることができません。から豆は、「それは、イダさんらしい」とか、「なんともはや！」とか、しきりとあいづちを打っています。

「ところで、あたらしく来た見習いは、どうですか？」と、から豆がききました。

自分のことを、百合はどう思っているのでしょう。ホップは、いてもたってもいられません。いそいで木をすべりおり、からになった豆のさやを見つけると、それを頭からかぶりました。

百合の花に近づこうとすると、だれかが、ホップのさやをつかみました。

びくりとして、ホップは足を止めました。

「きみも、恥《は》ずかしいの？」

かわいらしい声がしました。見ると、横にはおなじようにさやをかぶった、から豆がいます。その豆はひどくちいさくて、やせこけていました。

「ぼくも、かくれてるんだ。ほら、こんなにいびつで、みっともないから」

「みっともなくなんか、ないよ。ちょっと、ちいさいだけさ」

「そうかしら」

「そうだよ。すくなくともきみは、れっきとした豆だもの。それにきょうで、お祭りは終わりだろ？　楽しまなくっちゃ！」

ホップがそういうと、豆の子は、おずおずと顔をあげました。

「きみは、こわくないの？　朝が来るのが」

「え？　どうして？」

「そうか、きみは、こわくないんだね」

豆の子は、ため息をつきました。

「そうだよね。ぼくらが庭にとって大切だってことは、ようくわかってるんだ。

ぼくらって、栄養のかたまりだものね。それに、だれかに命をあげるのは、生きもののつとめだし……」

ホップには、から豆のいうことが、よくわかりませんでした。朝になると、いったいなにが起きるというのでしょう？

ホップが質問《しつもん》しようとしたときです。まるまる太った豆が、いきおいよくころがってきました。そして豆の子どもを、さやからひっぱりだしたのです。

「どうしてかくれてるんだい！　踊《おど》ろうよ！」

「う、うん。それじゃ、きみもいっしょに……」

豆の子は、ホップをさそおうとしました。けれど見つかったのは、からっぽのさやだけでした。ホップはあわてて、草むらにとびこんでいたのです。

「あれ？　ここに、もうひとりいたんだけど」

「さあさあ、もうすぐ朝になっちゃうよ！」

豆の子は仲間に手をひかれて、踊《おど》りの輪にくわわりました。
歌は楽しげなものから、しだいに、おごそかなひびきになっていきました。
「さあ　じゅうぶんに　楽しんだ
もうすぐ夜明け　朝が来る
庭に恵《めぐ》みを　わけたなら
光になって　帰ろうよ」
夜明けが近いことは、ホップにもわかりました。空がだんだんとあかるくなり、庭ぜんたいに、しずかな力が満ちてきます。夜明けは、いちばん強い魔法《まほう》の時間なのです。
から豆たちは、のぼってくるおひさまのほうをむきました。みどりの色が、だんだん透明《とうめい》になっていきます。
やがて豆たちは、大粒《おおつぶ》の、かぐわしい朝露《あさつゆ》に、すがたを変えました。

数えきれない数の朝露《あさつゆ》が、朝の光を受けて、エメラルドのようにきらめきます。そして朝露はしだいにちいさくなり、草花と大地にしみこんでいきました。

（から豆が、空に、帰っていく）

から豆の命に満たされた庭で、ホップはいつまでも立ちつくしていました。

4

夜泣きニンジンの脱走

時知らずの庭の四季は、外の世界とは、ちょっとちがっています。

ヒマワリが冬に咲《さ》くこともあれば、一年中花が咲いている梅《うめ》の木もあります。

日替《ひが》わりで、紅《あか》くなったり青くなったりするモミジだってあるのです。

けれどやっぱり、秋になれば、日に日に空気はすみ、涼《すず》しくなってくるのでした。

秋の、ある日。ドードー鳥のキミドリが、ホップにいいました。

「そろそろ、お化けが出るころだ」

「お化け？　この庭、お化けが出るの？」

キミドリは、バカにしたような顔で、首をすくめました。

「やれやれ、きみはほんとうに、なんにも知らないんだな！　お化けといえば、めずらしい植物に決まってるじゃないか。めったに出ないから、そういうんだ」

「だけどこの庭、めずらしい植物ばかりだよ」

「そりゃ、きみみたいな素人《しろうと》にとってはね」

キミドリは自慢《じまん》げに、説明をはじめました。

「夜泣きニンジンは、プレゼントのリボンみたいな、青い花を咲《さ》かせる。花が咲いたら、つみどきってしるしさ。夜泣きニンジンをしぼると、いい咳止《せきど》めシロップができるからな。だからニンジンは、つまれるのがいやで、逃《に》げてしまうんだ」

「逃げるって、どうやって？」

「夜泣きニンジンの根は、ひとのかたちをしているのさ。ちゃあんと顔もあって、口はへの字に曲がっている。夜泣きニンジンは自分で根をひきあげて、ふたまたにわかれた足で、すたこら逃げていくんだ。ひぃーっ、ひぃーって、泣き声をあげながら」

キミドリは、ぞっとしているホップを、満足そうに見ています。

「暗くなって、庭から泣き声が聞こえたら、それがそうだ。オレは慣《な》れてるけど、きみなんか、こわくて気絶《きぜつ》するかもな」

「ぼくだって、ニンジンなんか、こわくないや」

強がるホップに、キミドリは、くちばしを寄《よ》せてきました。

「つかまえようなんて、考えるなよ。夜泣きニンジンが逃《に》げるところを見たら、たちまち死んでしまうんだ」

(そんなニンジン、はえたら大変だ)

ホップは、さっそくイダに相談しました。

「イダさん、夜泣きニンジンがはえるのを、止める方法はないんですか?」

「ないわねえ」と、イダはいいました。

「だってわたしが、種をまいたんですもの。庭のあちこちにね」

「ええっ。そんな、危険《きけん》じゃありませんか」

「危険なんか、ありませんとも。夜泣きニンジンをしぼると、すてきな咳止《せきど》めシロップができるのよ。でも夜泣きニンジンは、めったに花をつけないの。やっと花が咲《さ》いても、逃《に》げてしまうことがあるし。ホップ、夜泣きニンジンを見つけたら、必ずつかまえてちょうだいね」

（ひええっ、どうしよう）

話を聞いたキミドリは、あきれた顔をしました。

「それできみはイダの話を信じて、夜泣きニンジンをつかまえようっていうんだな。きみが若死《わかじ》にしたいっていうんなら、ご自由に」

ホップは、頭をかかえました。

（こうなったら、夜泣きニンジンが育たないように、祈《いの》るしかないや）

ところが、つぎの日。仕事を終えたホップが庭を歩いていると、プレゼントのリボンのような、青い花を見つけたのです。

（うわっ。これ、もしかして夜泣きニンジンの花？）

ホップはスコップの先で、おそるおそる花にふれました。

青い花は、おとなしく、されるままになっています。

「よおし、いい子だ。動くんじゃないぞ」

ホップは勇気を出して、そっと、くきをつまんでみました。

ずぽっ。

「うわあっ」

花がとつぜん地面からぬけだしたのを見て、ホップは腰《こし》がぬけました。

「ひいーっ、ひいーっ」

泣き声があがり、ホップはぎゅっと目をつむりました。おそろしくて、からだがふるえます。

「ひぃーっ、ひぃーっ」

泣き声が、遠ざかっていきます。夜泣きニンジンが、逃《に》げていったのでしょう。ほっとするのと同時に、ホップは重大なことに気がつきました。

「大変だ。だれかがあれを見たら、そのひとが死んじゃうよ！」

ホップは声をたよりに、あとを追いはじめました。

そうするうちに、秋の夕闇《ゆうやみ》は、どんどん濃《こ》くなっていきます。

ホップは、ニンジンを見うしなってしまいました。耳をすませても、泣き声は聞こえません。

するとホップは、なにかを踏《ふ》んづけました。

「いたいっ、だれだよ」

いらいらした声をあげて、からだを起こしたものがいます。それは夜泣きニンジンではなく、ドードー鳥でした。

「気持ちよく寝《ね》てたのに、しっけいなやつだ」

「キミドリ！　大変なんだよ。夜泣きニンジンが逃《に》げだしたんだ！」

「なんだって？　冗談《じょうだん》じゃない、さっさとつかまえろよ！　オレが見たりしたら、大変じゃないか」

ホップはキミドリの顔を見て、なにかがおかしいと思いました。ドードー鳥は、オウムのような、太いくちばしをしています。けれどキミドリのくちばしは、いつにもまして、ぽってりとふくらんでいるのです。

「キミドリ、きみのくちばし、なんだかはれてるよ」

ホップは顔を近づけて、キミドリのくちばしを見つめました。キミドリも目を寄《よ》せて、自分のくちばしを見つめます。

くちばしがもそりと動き、「ひいいっ」と泣きました。夜泣きニンジンが、キミドリのくちばしに、ぴたりとはりついていたのです！

キミドリは悲鳴をあげて、ばったりと倒《たお》れました。

夜泣きニンジンは、ぱっととびはねて、逃《に》げだそうとしました。

ホップはあわててとびつくと、ニンジンを押《お》さえこみました。ニンジンは逃げようと、ひっしで身をくねらせます。ホップは、ぎゅっと目をつむりました。

「はなせっ、はなせったら、この、ひとごろし！」

ニンジンが、きぃきぃとわめきます。

「きみはニンジンで、ひとじゃないだろ」

「わしは、ひとの仲間じゃわい。そもそも、ニンジンのニンは、『ひと』という意味なのだ。ホンニンとか、ニンゲンていう、あのニンなんじゃぞ」

ホップは、首をひねりました。

「ほんとに？　ニンジンのジンが『ひと』って意味じゃないの？　ガイコクジンとか、ビジンっていう、あのジン」

夜泣きニンジンは、口をつぐみました。自分でも、よくわからなくなったのです。

「とにかく、ニンジンとニンゲンは、おなじようなもんじゃ。はなせっ、ひところし！」

「ひところしは、そっちだ。いや、鳥ごろしか。おまえのせいで、キミドリは死んじゃったんだぞ」

「キミドリとは、あの、みょうちきりんな鳥のことか？　気絶《きぜつ》しただけじゃろ？」

「ちがう。夜泣きニンジンが逃《に》げるところを見たから、死んでしまったんだ」

「そんなもんは、迷信《めいしん》じゃわい。嘘《うそ》だと思うんなら、わしを見てみろ」

ホップは、夜泣きニンジンをしっかり押《お》さえたまま、うす目を開けてみました。

どうやら、死にはしないようです。腕《うで》をひき寄《よ》せてニンジンを見たホップは、ぷっとふきだしました。

夜泣きニンジンは、なんともけっさくな顔をしていたのです。口をへの字に曲げているのは、キミドリのいったとおりでした。しかめた顔からは、細いひげ根が何本もたれていて、ほんとうのひげのようです。

ニンジンはシワのような目で、ホップをにらみました。

「そら見ろ。死にゃあせんじゃろうが。とっとと逃《に》がしてくれ。咳止《せきど》めシロップにされるなんぞ、おことわりじゃ！」

「そうはいかないよ。イダさんに、つかまえてくれっていわれたんだから」

「なあ、たのむよ。どうか、見逃《みのが》してくれ」

夜泣きニンジンは、あわれっぽい顔になりました。

「おまえさんだって、しぼられて、下痢止《げりど》めの薬にされるとしたら、どうする？　逃《に》げだしたくも、なるだろうが」

「そりゃあ……」

ホップは、夜泣きニンジンが、気の毒になってきました。

「でも逃げようったって、この庭からは出られないよ。リリスが、門を見はってるもの。おっきなヘビで、にらまれたら動けないんだ」

「なに、垣根《かきね》の下を掘《ほ》って、こっそり出ていくよ。ぜったい、あんたに迷惑《めいわく》はかけんから」

ニンジンは手をこすりあわせるように、細いひげ根をこすっています。

ホップは、ニンジンを見逃《みのが》すことにしました。

「ただし、約束して。この庭のことは、だれにも秘密《ひみつ》だからね」

「そいつは、いらぬ心配じゃ」と、夜泣きニンジンは答えました。「この庭を出たら、わしは二度としゃべれんのだ。それだって、咳止《せきど》めシロップになるより、ましじゃからな」

ホップが手をはなすと、夜泣きニンジンは、そそくさと、闇《やみ》に消えていきました。

目をさましたキミドリは、なにも覚えていないと、いいはりました。

「夜泣きニンジンごときで、オレが気絶《きぜつ》するもんか。きみは、夢《ゆめ》でも見ていたのさ」

ホップのほうは、やましい気分でした。いいつけにそむいて、夜泣きニンジンを逃《に》がしてしまったからです。

つぎの日。ホップは、イダにあやまりました。

「わたしのいいつけを、守らなかったのね」

「すみませんでした。ぼく、二度としませんから」

「今回は、わたしもあなたを見逃《みのが》しましょう。めずらしい実も、とれたことだし」

イダはホップに、オレンジ色の実が入ったかごを渡《わた》しました。

「トンガリボウシの実よ。感謝《かんしゃ》の気持ちをつたえたいのに、それができないひとがいると、なる実なの。おあがりなさい、とってもあまいのよ」

ホップは、ひとくちひとくち味わって、トンガリボウシの実を食べました。

庭から逃《に》げだした夜泣きニンジンは、それからどうしたのでしょう。

どこか気持ちのいい場所に咲《さ》いている、青い花を見つけたら、それが夜泣きニンジンかもしれませんね。

5

龍の首飾り

「庭の奥《おく》にある岩場に行って、龍《りゅう》の首飾《くびかざ》りをとってきてちょうだい」

イダはそういって、ホップに袋《ふくろ》を渡《わた》しました。

「龍の首飾り、ですって？　それって、いったいなんですか？」

「もちろん植物よ。見た目は、ジュズダマに似《に》ているかしら。ただし実が金色で、宝石《ほうせき》みたいに、きらきら光っているの。この袋いっぱいに、実を集めてきてね」

「わかりました。すぐとってきます」

「ちょっと待って。龍の首飾りには、とくべつなとりかたがあるの。実をつむ前に、ひとつひとつ、ていねいにたのむのよ。必ず、『よろしい』といわれてから、とってちょうだいね」

「『よろしい』って、龍の首飾りがいうんですか？」

「めんどうでも、ちゃんとやってちょうだい。さもないと、こわいことになりますからね」

（こわいこと？）

ホップは、ぎくりとしましたが、イダは、すまし顔です。

「でも、ホップなら平気よね。夜泣きニンジンだって、こわくなかったんですもの」

（イダさんったら、ぼくをこわがらせようとしているんだな）

ホップは迷路《めいろ》のような生垣《いけがき》をぬけて、庭の奥《おく》へ奥へと進んでいきました。

やがてホップの前にあらわれたのは、岩場というより、ごつごつした岩山でした。

青いすじの入った灰《はい》色の岩は、とても古いもののようです。

のぼっていくと、ひょろりとした草が、岩のあいだからはえていました。金の実を、びっしりとつけています。かたくてちいさな実ですが、その輝《かがや》きは、ほんものの金と見まごうばかりでした。

（なるほど。これが龍《りゅう》の首飾《くびかざ》りか。ぴったりの名前だな。つなげたら、すてきなネックレスができそうだ）

ホップはイダにいわれたとおり、ていねいに頭を下げました。

「ごきげんよう。ぼくは庭師《にわし》のホップといいます。龍の首飾りさん、ごきげんはいかがですか。とつぜんで失礼ではありますが、そのきれいな実を、とらせていただいてよろしいでしょうか？」

じっと草を見つめていると、しばらくして、低い声が聞こえました。

「よろしい」

（へえ。見た目とちがって、重々しい声だなあ）

そう思いながら、ホップは金色の実をつんで、袋《ふくろ》にいれました。

「どうもありがとうございました。ええと、つぎはこれがいいかな。ごきげんよう、龍《りゅう》の首飾《くびかざ》りさん。そのきれいな実を、いただいてもよろしいでしょうか？」

こんどもまた、間《ま》をおいてから、「よろしい」という声がしました。

そうしてホップは頭を下げながら、金色の実を集めてまわりました。実がちいさいものですから、袋《ふくろ》はなかなか、いっぱいになりません。おまけに濃《こ》い霧《きり》が出てきて、ホップは目をこすりました。

（ふう。思ったより、骨《ほね》が折れるなあ）

疲《つか》れてくると、お願いのほうも、どんどんぞんざいになってきます。

「どうも。ひとつお願いします」

すぐに、くぐもった返事が聞こえました。

その声は、「よろしい」といったようにも、「よすがいい」といったようにも、聞こえました。けれどホップはよく考えずに、龍の首飾りを、つんでいたのです。

フウッ!

いきなり熱い息をかけられて、ホップは顔をあげました。

まず見えたのは、煙突《えんとつ》のように煙《けむり》をはく、大きな鼻の穴《あな》でした。なんと目の前に、長いひげをはやした龍《りゅう》の顔があるではありませんか!

ホップはあんまりおそろしくて、声をあげることもできませんでした。龍が長い首をくねらせると、足もとの地面も、ぞわりと動きました。岩山だと思っていたのは、大きな龍の背中《せなか》だったのです!

龍は炯炯《けいけい》と光る眼《め》で、ホップをにらみました。

「小僧《こぞう》、よすがいいと申したに、首飾《くびかざ》りをとりおったな」

ふかぶかとしたその声は、先ほどまで、「よろしい」といっていた声でした。しゃべっていたのは、植物ではなく、龍だったのです。

「不埒《ふらち》なやつ。ひと咬《か》みに、食ろうてやるわ」

なにかいおうとしても、舌《した》がしびれて動きません。龍《りゅう》のするどい牙《きば》がせまってきて、ホップは両目を閉《と》じました。

そのとき。足もとで、ちろちろ、と鈴《すず》の鳴るような音がしました。

「なに、たちの悪いやつではないじゃと？　それはどうかな。ふむ。しかし、そなたがそういうのであれば……」

ホップがこわごわ目を開けると、龍は、龍の首飾《くびかざ》りに話しかけているところでした。ちろちろと鳴ったのは、金色の実がふれあう音だったのです。

龍はホップに首をむけて、熱い息を吹《ふ》きかけました。

「心からの感謝《かんしゃ》の気持ちがなければ、龍の首飾りをとることは、まかりならぬ。そなた、そのわけを知らんのか？」

「はい、ええ、ぼく、なんにも知らなくて。ほんとうにすみません」

ホップはひっしになって、あやまりました。

「ふむ。うるわしき首飾《くびかざ》りの来歴《らいれき》を教えるには、まず、一頭の龍《りゅう》について語らねばならぬ。すぐれた血筋《ちすじ》の、りっぱな若者《わかもの》ではあったが、その齢《よわい》は数百年足らず。その智慧《ちえ》はいまだ、まことの龍のものではなかった」

龍は、むかしをなつかしむような、遠い目になりました。

「その龍とは、すなわち、このわたしのことだ」

ホップは神妙《しんみょう》な顔で、うなずきました。

「その龍は、若き血のたぎるまま、夜ごと空へ舞《ま》いあがった。そして世のありとあらゆる宝玉《ほうぎょく》を見つけ出し、わがものとして、山の洞窟《どうくつ》にもち帰った。洞窟はエメラルド、サファイア、ルビーや黄金に満ち満ちて、目もくらむ光をはなっておった。盗《ぬす》まれた宝《たから》を奪《うば》いかえさんとするもの、はたまた龍の宝を奪おうとしたものどもは、ただ骸《むくろ》となって朽《く》ち果てた。そしてすべてを手にいれた龍は、日ごと宝玉《ほうぎょく》の香《かお》りをかぎながら、もっと宝《たから》がほしいという、欲望《よくぼう》に身を焦《こ》がしておったのじゃ。

ある日龍《りゅう》は、侵入者《しんにゅうしゃ》の気配に目をさました。見れば宝物《ほうもつ》のあいだを動く、ちいさな影《かげ》がある。とらえてみると、それはまだ少女といっていいほどの、ちいさなウサギであった。

『娘《むすめ》、龍の洞窟《どうくつ》で、なにをしておる?』と龍は問うた。

娘はおそれる気色《けしき》もなく、こう答えた。

『なにって、龍を見に来たのよ』

『見に来た、だと?』

『ええ。お城《しろ》のみんなが、山の洞窟に宝石マニアの龍が住んでいるっていうから、ほんとうかどうかたしかめに来たの。おとなって、嘘《うそ》ばっかりいうんですもの』

宝石《ほうせき》マニアという言葉に、龍《りゅう》のプライドは、いたく傷《きず》ついた。

『おまえは、このわたしが、おそろしくないのか？』

『べつに』と、娘《むすめ》は答えた。『もっているのは、盗《ぬす》んだものだけなのに、自分はえらいと思っているんでしょう。どうしてわたしが、あなたをおそれる必要があるの？』

そんなふうにいわれて、すべてをもっていると思っていた龍は、すっかり混《こん》乱《らん》してしまった。娘はたいくつそうに宝物《ほうもつ》を見渡《みわた》して、そのうちに帰ってしまった。

それからというもの、龍は洞窟《どうくつ》いっぱいの宝物を見ても、満足できなくなった。もっとたくさん宝石がほしいという、あらあらしい気持ちも、うすれてしまった。なにかにつけ思い出すのは、おそれを知らぬ娘の顔だ。

それから、娘はときたま、洞窟にやってきた。

娘《むすめ》の名前はパシャ。谷の国の王女だった。

パシャがもってきたりんごのほうが、宝石《ほうせき》より価値があるように、龍《りゅう》には思えてきた。パシャは自分が見た夢《ゆめ》の話や、城《しろ》での出来事を、おもしろおかしく語ってみせた。いつか龍は、パシャが顔を出すのを、楽しみにするようになっていた。

けれど、あるときをさかいに、パシャは、ぱったりすがたを見せなくなった。

龍がやきもきしていると、ある日、美しくよそおった、別人のようなパシャがあらわれた。

『きょうは、お別れをいいに来たわ。わたし、丘《おか》の国の王子と結婚《けっこん》することになったの。きれいでしょう？　王子から、もらった指輪よ』

パシャはうれしそうに、龍に指輪を見せた。

『そなたにとっては宝石なぞ、意味のないものと思っていたが』

『あら、だってこれは、とくべつな指輪ですもの』

『きょうは、ずいぶんと感じがちがうな』

『わたし、おとなになったのよ。変わらないままでいることは、だれにもできないの』

『そういうものかね』

『あなたは龍《りゅう》だから、わからないのよ。わたしたちとちがって、長い長い時を生きるんですもの。それじゃ龍さん、元気でね。さようなら』

パシャが去ったあと、龍は洞窟《どうくつ》にこもり、書物を読んで暮《く》らした。丘《おか》の国が乱《みだ》れ、隣国《りんごく》に攻《せ》めこまれたといううわさも聞こえてきたが、龍は動こうとしなかった。

（パシャは、もう、わたしとはべつの世界に生きているのだ）

ある日、みすぼらしい動物が、洞窟に迷《まよ》いこんできた。

あちこち毛がぬけた、年老いたウサギだ。片足《かたあし》をひきずり、目もほとんど見えないようすだった。けれど龍《りゅう》は、それがだれであるかわかった。

『パシャではないか』

年老いたウサギは、からだをふるわせた。

『ああ、では、やはり夢《ゆめ》ではなかったのだ。洞窟《どうくつ》で龍とおしゃべりしたという、みなに笑われる、あの思い出は。あなたは、わたしをご存《ぞん》じなのですね』

『もちろんだとも。パシャ、どうした。いったいなにがあったのだ』

『子どもを産み、戦争で夫と息子《むすこ》をうしない、ひとり娘《むすめ》は、わたしを嫌《きら》って出ていきました。子どものころには考えもしなかったことばかりが、たくさんあって。丘《おか》の国も谷の国も、ほろんでしまった。わたしはもう、ひとりで死ぬばかり』

『パシャ、なにをいう。しっかりするのだ』

『思えば、この洞窟《どうくつ》であなたと過ごしたわたしだけが、ほんとうのわたしだったのです』

そういって、パシャは少女のような表情で、わたしを見上げた。

『せめて死んでからはずっと、ここであなたのそばにいられたら……。変わらないものになって、いつまでも』

そういって、パシャは動かなくなった。そしてそこから芽を出したのが、龍《りゅう》の首飾《くびかざ》りなのだ」

龍は、もうホップを見てはいませんでした。そしてゆっくりと首をたれて、また眠《ねむ》りについたのです。

ホップは目をこすって立ち上がると、手をあわせ、ひとつぶひとつぶ大切にしながら、金色の実を集めて帰ったのでした。

6

風信子の願い

植物がみずみずしく、幸せそうなら、いい庭師《にわし》がいるしるし。

時知らずの庭に来て、ホップはそのことを、あらためて感じました。

とりわけほれぼれするのは、温室です。いくつもの部屋《へや》にわかれた大きな温室では、葉がいきおいよくしげり、あざやかな色の花が咲《さ》きほこっていました。

歩いているだけで、「すくすく」という言葉が、そこらじゅうから聞こえるようです。

温室にはひとつだけ、いつでも鍵《かぎ》のかかっている部屋がありました。どんな植物があるのか、ホップはずっと気になっていました。

ある日、ホップはイダから、鍵を渡《わた》されました。

「いつも閉《し》まっている、温室の部屋の鍵よ。なにがあるか、気になっていたのでしょう」

どうやらイダには、お見通しだったようです。

「きょうからあの部屋《へや》の子たちの世話は、あなたにまかせるわ。ふりまわされないように、気をつけてね」

（ふりまわされるって、どういうことだろう）

ちょっぴり気になったものの、ホップは、はずむように温室へむかいました。早く中を見たいし、雑用《ざつよう》ではなく、植物の世話をまかされたのは、はじめてだったのです。

鍵《かぎ》を開けて中へ入ると、ぷうんと、水のにおいがしました。

棚《たな》にずらりとならんでいたのは、透明《とうめい》な鉢《はち》に入った球根でした。鉢には水がはられ、かたい球根たちは、まどろむように水にうかんでいます。「姫風信子」と書かれたふだが、棚にかかっていました。

「ヒメヒヤシンスっていうのか」

ホップがつぶやくと、「あら、読めたわ」という、かわいらしい声がしました。続いて、くすくす笑いの、さざめくようなひびき。

ホップは驚《おどろ》いて、あたりを見まわしました。

（球根たちが、しゃべったのかな。いやいやいや。油断《ゆだん》は禁物《きんもつ》。なにかほかの生きものが、かくれているのかもしれないぞ）

温室のすみずみを調べてみましたが、ヒヤシンスの鉢《はち》のほかは、なにも見つかりません。

ホップはその日から、せっせとヒヤシンスの世話をはじめました。

球根からはじめて芽が出るときのよろこびは、かくべつなものです。ヒメヒヤシンスはすくすくと成長し、やがてピンク色の花をびっしりと咲《さ》かせました。

ホップはもう、うれしくてうれしくて、たまりません。ひまさえあればヒヤシンスの温室へ行き、でれでれしながら、花をながめていました。

なにしろヒメヒヤシンスときたら、ホップが知っているどのヒヤシンスよりも大きくて、うっとりするような、あまいにおいがするのです。

ホップが香《かお》りを吸《す》いこんでいると、「ホップさん」という、おしとやかな声がしました。はっとして見ると、すきま風もないのに、ヒメヒヤシンスの花がゆれています。

「あの、ひとつ、お願いがあるの」

「お願い？」

棚《たな》にならんだヒヤシンスたちが、うなずくように、ゆれました。

「わたしたち、お話を聞くのが、とってもすきなのよ。ほら、こうして温室の中にいるだけでしょう？　外の世界のことを、いろいろ知りたいの」

「なあんだ。そんなこと、お安いご用だよ」

ホップは温室の外にどんな花が咲《さ》いているか、話して聞かせました。ヒヤシンスたちは、くきを首のようにのばし、むちゅうで聞きいっています。

「ああ、おもしろかった！　なんてお話がじょうずなんでしょう！　またあしたも、べつのお話を聞かせてくださいね」

「もちろんだとも」

そしてホップは毎日、いろいろなことを話して聞かせました。ドードー鳥のキミドリのこと、夜泣きニンジンを見つけたこと、南の谷の湖のこと。ヒヤシンスたちが大よろこびしているので、ホップも、楽しくてしかたありません。

ところがある日のこと、ヒヤシンスの温室に入ったホップは、ぞっとしました。花たちがみなうなだれて、ぐったりしているのです。

「ど、どうしたんだい、みんな！　もしかして、根腐《ねぐさ》れを起こしたんじゃ……」

「いいえ、ちがいます」

しょんぼりした声で、ヒメヒヤシンスはいいました。

「ホップさんが、毎日、おもしろいお話をしてくださるでしょう？　わたしたち、外の世界を見てみたくて、たまらなくなってしまって……。でも、それはかなわぬ望みだから、かなしくなってしまったの」

「そんな、元気出してよ。ちょっとだけ外を見るくらいなら、ぼく、鉢《はち》を運んであげるよ」

「えっ、ほんとう？」

「うん、いまはそんなに気温も低くないし、庭をのぞくくらいなら、だいじょうぶだよ」

「ああ、庭の中のことを、おっしゃっているのね」。ヒヤシンスは、ふかぶかとため息をつきました。「わたしたちが見たいのは、この庭の外の世界なの」

「ええっ。それはだめだよ」

「わたしたち、くじで代表を選びますわ」。ヒヤシンスは、ねっしんにいいました。「袋《ふくろ》にいれて、ちいさな穴《あな》を開けてくだされば、それでいいんですの。おとなしくして、けっして、ご迷惑《めいわく》はおかけしませんから」

ホップは、こまってしまいました。時知らずの庭のことは、秘密《ひみつ》にしなければならないのです。中の植物を、もち出していいはずがありません。

「ああ、やっぱり無理ですのね。いいんです。わたしたちは、この温室に閉《と》じこめられたまま、一生を終える運命なのですわ」

ヒヤシンスたちは、うなだれて、口をつぐみました。

とびらのうしろで話を聞いていたイダは、くすりと笑いました。ホップが入ってくるまで、ヒヤシンスたちは、にぎやかにおしゃべりをしていたからです。ヒメヒヤシンスは、おねだりが得意な花ですから。

そんなことを知らないホップは、真剣《しんけん》になって、なやみました。またモドリ虫が出たので、西の町に行く必要があったのです。

（望みをなくして、枯《か》れてしまったら、ぼくのせいだ）

さんざん迷《まよ》ったあげく、ホップはくじびきで選ばれた花をかくして、門を出ました。門番のリリスは、ホップをじろりと、にらんだだけでした。

ほっとしたホップは、近くの小川で足を止め、水を飲みました。

ふと見ると、ヒヤシンスをいれた袋《ふくろ》が、からっぽになっているではありませんか！

「うわあ、どこへ落としたんだ？」

ホップがひっしにさがしていると、木の上から、ころころと笑う声が聞こえました。見ると、ピンク色の服を着た小猫《こねこ》が、枝《えだ》に腰《こし》かけて、足をゆらしています。

「あわてなくったって、あたしはここにいるわよ」

「きみ、だれ？」

「ヒメカゼ・ノブコ。なあんちゃってね。ヒメヒヤシンスに、決まってるじゃない。あたしたち、庭の外では自由に変身できるの。で、いまは美少女ってわけ」

「ええっ。そんなこと、ひとこともいわなかったじゃないか」

「そっちが聞かなかったからでしょ。さあ、行くわよ。ぐずぐずしてたら、日が暮《く》れちまうわ！」

すっかり態度《たいど》が変わったヒヤシンスは、大声で歌いながら、野原をスキップしていきます。ホップは、あわててあとを追いかけました。

「あれが町なのね！　見て見て、あんなにたくさん、ひとがいる！」

西の町では、市がひらかれていました。ヒメヒヤシンスの少女は大はしゃぎで、屋台から屋台にとびまわります。いったん見うしなったホップが、やっと見つけてみると、ヒヤシンスは、人相の悪いイノシシとしゃべっていました。

「かわいいお嬢《じょう》さん。いったい、どこから来たんだい?」

「さあ、どこかしら。いってみれば、秘密《ひみつ》の花園ね」

ホップは少女の手をひっぱって、大きなイノシシからひきはなしました。

「だめだよ。知らない男と、しゃべったりしちゃ!」

「まあ、おせっかいね。それより、のどがかわいたから、クリームソーダを買ってきて。だいじょうぶよ。根がはえたみたいに、ここで待ってるから」

ホップはしかたなく、飲みものの店をさがしました。ようやく見つけた店は、陰気《いんき》で、奥《おく》にタヌキが座《すわ》りこんでいます。

「すみません、クリームソーダをふたつ!」

声をかけても、タヌキはうつろな目をして、動こうとしません。こまっていると、若《わか》いタヌキが顔を出しました。

「ごめんなさい。かあさんは、ためたお金をどろぼうに盗《と》られてから、あんなふうになってしまって」

「どろぼうに、入られたんですか」

「ええ。たちの悪いイノシシがいて、そこらじゅうを荒《あ》らしまわっているんです」

たちの悪いイノシシと聞いて、ホップは不安になりました。いそいでもどってみると、あんのじょう、ヒメヒヤシンスは、そこにいませんでした。

「ピンク色の服を着た、小猫《こねこ》だって？　たしか、イノシシについて出ていったよ」

そう聞いて、ホップは青くなって、走りだしました。

市場の外に出ても、ふたりのすがたは見当たりません。ホップは心配で、胸《むね》がはりさけそうになりました。けれどそのとき、ふいと、ヒメヒヤシンスのあまい香《かお》りをかぎあてたのです。

（このにおいをたどれば、いどころがわかるはずだ！）

ホップは鼻をひくつかせて、香《かお》りを追いました。やがてホップは、町はずれの森にやってきました。そして日が沈《しず》むころ、崖《がけ》の下にある小屋にたどりついたのです。

小屋には、あかりがついていました。中をのぞいてみると、柱にしばりつけられた少女が見えました。その前で、イノシシが、大きなナイフをといでいます。

「今夜は、肉入りのシチューだぞ」

ホップは、ぞっとしました。小屋の中には、盗《ぬす》んだお金や宝物《たからもの》が、山とつんであります。イノシシが出ていったすきに、ホップは部屋《へや》にしのびこみました。

「なにやってるんだ。なんにでも変身できるんだろ。ネズミになれば、すぐに逃《に》げだせるじゃないか」

「ネズミなんて、おことわり。王子さまが助けに来るのを、待ってるの」

「そんなもの、来やしないよ！」

いいあっているうちに、イノシシがもどってくる音がしました。

「そうだ！　ゴリラに変身しなよ。そうすれば、イノシシをやっつけられる！」

「かわいくないから、いや」

ホップを目にしたイノシシは、ナイフをふりあげました。ヒヤシンスはたちまち、鉄のくさりに変身して、イノシシをしばりあげてしまいました。

ホップは町のひとを呼《よ》んできて、盗《ぬす》まれたものをかえしてあげました。花にもどったヒヤシンスをつれて帰ると、モドリ虫は、いなくなっていました。どうやらお金を盗まれたタヌキが、モドリ虫のもとになっていたようです。

ヒメヒヤシンスは、自分の冒険《ぼうけん》を、仲間に話して聞かせました。それがどんなにおおげさな話だったか、みなさんも想像《そうぞう》できるでしょうね。

7

キミドリと赤い実

村の食堂で、ミルクセーキを飲みながら、サルたちが話しています。

「森の奥《おく》には、おそろしい魔女《まじょ》のいる庭があるそうだ。魔女はまじないを使って、眠《ねむ》り薬や毒薬をこしらえている。どんな病気もぴたりと治る、すごい薬もあるって話だぜ」

「ほんとかい？ そんなものがありゃ、どえらいもうけになるじゃないか」

「魔女はそれを、ひとりじめにしているのさ。庭には魔法がかかっていて、だれも近づくことができない。運よくたどりついたとしても、門番の大蛇《だいじゃ》に食われちまう。どうにも、手が出せないってことよ」

近くのテーブルにいたホップは、サルの話に、聞き耳を立てていました。イダのおつかいで、村に来ていたのです。

サルたちが話しているのは、きっと、時知らずの庭のことでしょう。

（イダさんが、おそろしい魔女だって？ まったくひどい、でたらめだ！）

そういってやれないのが、くやしくてたまりません。

むかいの席のハリネズミも、むちゅうでサルの話を聞いていました。ホップと目があうと、ハリネズミの若者《わかもの》は、恥《は》ずかしそうに肩《かた》をすくめました。

「きみ、どう思う？　いまの、魔女《まじょ》の庭のこと」

「ただの、うわさ話さ。出まかせだよ」と、ホップは答えました。

「そうかなあ。ぼくは、魔女の庭だったら、ツカノマ草《そう》が咲《さ》いている気がするんだ。きみ、ツカノマ草って、知ってるかい？　この村の、いいつたえなんだけど」

ホップは、首を横にふりました。

「ツカノマ草は、新月の夜に咲く花なんだ。咲いているのは、いっしゅんだけで、すぐに散ってしまう。そしてあとには、まっ赤《か》な実をつける」

そういって、ハリネズミは、ぽっと顔を赤らめました。

「その実をわけあって食べたふたりは、恋人《こいびと》どうしになれるんだ。そう聞いてから、ぼくはずっと、ツカノマ草をさがしているんだよ。でも、どこにも見つからなくって……あっ」

ハリネズミが声をあげたので、ホップは視線《しせん》の先に目をやりました。かわいらしいハリネズミの娘《むすめ》が、食堂に入ってきたところです。

ホップが目をもどすと、ハリネズミの若者《わかもの》は、イガグリのように丸まっているではありませんか！

娘が通り過《す》ぎると、ハリネズミはそろそろと、首をのばしました。そして彼《かの》女《じょ》を、せつなそうに見つめているのです。どうやら、片思《かたおも》いのお相手のようでした。

ホップは笑って、ハリネズミにいいました。

「ねえきみ、あの子と恋人どうしになりたいんなら、ツカノマ草をさがすより、勇気を出して、話しかけることだね！」

時知らずの庭にもどったホップは、さっそくイダにいいました。

「魔女《まじょ》だなんて、うわさしているんですよ！　あんまり、ひどいじゃないですか」

「ほうっておきなさい。すこしばかり植物にくわしいと、そんなふうにいわれるのよ」

イダは、さばさばとしていました。

「でも魔女だったら、魔法でなんでもできるから、楽でしょうねえ。そのぶん、楽しみもすくないでしょうけど」

そういいながらも、土をいじるイダの手は、休むことがありません。ほんとうにイダときたら、いつ寝《ね》ているのかと思うくらい、働きどおしです。

時知らずの庭には、夜露《よつゆ》だけを好む植物もありました。夜の庭に出て、夜露を集めるのも、ホップの仕事です。月のない晩《ばん》でしたので、ホップはランプをかかげて、庭を照らしました。ほかにはどこにもない花々が、眠《ねむ》ることなく咲《さ》いています。

（こんなみごとな庭を、秘密《ひみつ》にしているなんて、もったいないよなあ。でも、昼間のサルみたいな連中に知られたら、あっという間に、荒《あ》らされてしまうだろうし）

ホップは、イダがここを秘密にしているわけが、すこしわかった気がしました。

（あ、そうだ。このあたりは、すごいトゲのいばらがあったっけ。気をつけなきゃ）

ホップは、足もとを照らしました。

いばらは、まるでトゲでできた、鳥かごのようです。ホップが目をこらすと、鳥かごの中に、まっ赤《か》なバラが咲《さ》いているのが見えました。

けれどそのバラは、見る間にしぼんでいきました。すると、またべつの枝《えだ》に、ぱっとバラが咲いたのです。そのバラもすぐにしぼみ、また、べつのバラが花ひらきます。そのようすは、花火がつぎつぎに打ち上がっては、消えていくのに似《に》ていました。

花が終わったあとには、つぎつぎに、丸い実がふくらんでいきます。赤い実を見て、ホップは、ハリネズミの話を思い出しました。

(新月の夜に咲く、ツカノマ草！　もしかしたら、これがそうなんじゃないのかな)

トゲのある太い枝がからまって、赤い実には手が届《とど》きません。ホップは、枝を傷《きず》つけないように、スコップですきまをひろげました。

腕《うで》をのばすと、なんとかひとつ、赤い実をつまみだすことができました。

梅《うめ》の実くらいの大きさで、つやつやしています。いま実ったばかりなのに、ふっくらと熟《じゅく》しているようでした。あまずっぱい、おいしそうなにおいがします。

（この実をわけあって食べれば、恋人《こいびと》どうしになれるのか）

残念ながら、ホップには、まだ恋人がいません。

（ぼくもいつか、いい子に出会えたらなあ。やさしくて、でも、しっかりしている子がいいな。笑顔《えがお》がかわいくて……）

「なにをひとりで、にたついてるんだ」

うしろで、声がしました。ドードー鳥の、キミドリです。

「おっ、うまそうな実を、もってるじゃないか。夜中のつまみ食いとは、けしからん」

そういうと、キミドリはホップがもっていた実を、ぱくんと食べてしまったのです！

「うん。あまずっぱくて、いい味だ。なんだよ、いったいどうして、アホみたいな顔をしてるんだ？」

「だって、いまきみが食べたの、ツカノマ草の実だよ！」

「なんだって、まさか、毒なのか？」

「そうじゃなくって、だれかと、恋人《こいびと》になれる実なんだよ！　わけあって、食べたらね。ひとりで食べてしまっちゃ、だいなしじゃないか」

ホップがそういうと、キミドリの顔が、さっとこわばりました。そしてくるりと背《せ》をむけると、闇《やみ》に消えてしまったのです。

（どうしたんだろ、キミドリのやつ。自分が知らないことがあったから、くやしかったのかな）

ところが、それからというものの、キミドリはすっかり、ふさぎこんでしまったのです。

キミドリといえば、わがもの顔で歩いては、ホップにえらそうな口をきくのが、お決まりでした。それがいまでは、一日中うずくまったまま、動こうとしません。ホップが話しかけても、ろくに返事もしないのです。

「イダさん、キミドリは、いったいどうしちゃったんでしょう」

ホップから話を聞いたイダは、ため息をつきました。

「それはキミドリには、つらかったでしょうね。ドードー鳥というのは、外の世界では、絶滅《ぜつめつ》してしまった生きものだから」

「ゼツメツって?」

「キミドリのほかには、もう一羽も、ドードー鳥がいないのよ。だからキミドリは恋人《こいびと》がほしくても、どうすることもできないの」

「うわ……それじゃぼく、悪いことをいってしまったなあ。でも、ほんとうにドードー鳥は、ほかには一羽もいないんですか？　もしかしたら、どこかに、ひっそり生きのびているドードー鳥が、いるかもしれないじゃないですか」

「そうだったら、ほんとうにいいけれど。でも、ドードー鳥を見かけたという話は、聞いたことがないわ」

「でも、それじゃあ、キミドリがかわいそうだ。なにか、ぼくにできることが、ないでしょうか」

「その答えは、きっとキミドリが知っていてよ」

なぞめいた顔で、イダはいいました。

ホップは、羽に首をつっこんでいるキミドリに、声をかけました。

「キミドリ、話があるんだ」

「うるさいな。ほっといてくれ」

「ねえ、無神経《むしんけい》なことをいっちまって、ぼくが悪かったよ」

「どうせオレは、死ぬまでひとりっきりさ」

「そんなこと、いわないでおくれよ。イダさんが、いったんだ。きみのために、ぼくにも、できることがあるって。それがなにか、きみが知ってるってさ」

「オレが知ってる、だって？」

キミドリはようやく、頭をもたげました。

「そうだよ。きみ、なんでもよく知ってるじゃないか」

ここぞとばかりに、ホップはほめました。キミドリはじっと、考えこんでいます。

「そういえば……あれかな。いや、でも、どうかな」

キミドリはうたぐりぶかい目で、ホップをちらちら見ています。

「なんだい。教えておくれよ」

「そうだな。きみはもちろん知らないだろうけど、この庭には、ネガイタンポポが咲《さ》いている。ネガイタンポポっていうのは、お祈《いの》りをして綿毛《わたげ》を吹《ふ》きとばすと、願いがかなうんだ」

「なんだ。それなら、かんたんじゃないか」

キミドリは、バカにしたように、ホップを見ました。

「そうくると思った。まったくきみは、あさはかだな。オレがお祈りしてすむなら、とっくに、そうしてるはずだろ」

「あっ、そうか。どうして、そうしないんだい？」

「お祈りをするのは、願いごとがある、本人じゃだめなんだ。だれかべつのひとが、ほんとうに願いがかなうことを信じて、綿毛を吹かなくちゃいけない」

「だったら、ぼくがする」

「しまいまで聞けよ、それだけじゃないんだから。お祈りをするときは、ひとの願いごとをかなえるかわりに、自分に起きるいいことをひとつ、あきらめなくちゃいけないんだ。な、そんなことをするやつなんて、いやしないだろ？

まして、オレのためにさ」

キミドリは、いじけて、土を掘《ほ》りかえしています。

「とにかく、そのネガイタンポポを、見せてよ」と、ホップはいいました。

キミドリはさんざんしぶったあげく、腰《こし》をあげました。

ネガイタンポポは、菜園に咲《さ》いていました。ホップはそのタンポポの葉をきざんで、オムレツにいれるのがすきでした。とくべつなタンポポだとは、ちっとも知らなかったのです。

タンポポのひとつは、綿毛坊主《わたげぼうず》になっていました。

「これなんか、ころあいだよな。どうせ風に吹《ふ》かれて、散っていくだけだけど……」

キミドリがいい終わらないうちに、ホップはひと息で、綿毛を吹きとばしていました。

（キミドリの恋人《こいびと》になるドードー鳥が、見つかりますように！）

キミドリは「あっ」と声をあげ、あごをだらりと下げました。そして信じられないという顔で、とんでいく綿毛《わたげ》を見つめました。

しばらくして、キミドリは、ぽつんといいました。

「ホップ。きみは、ほんっとに、バカだ」

「バカでもいいさ。ぼくはただ、種をまくのがすきなんだ」

ここちいい風が吹《ふ》きぬけました。願いをこめて、タンポポの綿毛がとんでいきます。

8

雨降らしの柳

時知らずの庭には、雨降《あめふ》らしの柳《やなぎ》と呼《よ》ばれている、柳の木がありました。からりと晴れた日でも、その柳のまわりだけは、ふしぎと雨が降っているのです。といっても、はげしい雨ではありません。けぶるような、しっとりした雨で、暑い日には、まことに気持ちのいいものでした。

ホップは雨降らしの柳に、木食い虫がついていないか、調べていました。すると木の根もとに、なにかが埋《う》もれているのに、気がついたのです。

ぬかるみからひきずりだしてみると、それは手袋《てぶくろ》の、片方《かたほう》でした。雨でぬぐうと、「M」という刺繍《ししゅう》がついていました。

(Mだって?　いったい、だれの手袋だろう?)

そこへ、ドードー鳥のキミドリが、水浴びをしにやってきました。

「キミドリ、手袋をひろったんだ。イニシャルが『M』っていうのは、いったい、だれだろう?」

「Mねえ。ふうむ。だったらたぶん、モリスだろう。きみの前に、見習いだったやつさ」

「へえ。それじゃモリスは、修業《しゅぎょう》が終わって、出ていったんだね」

「そいつは、どうかな。気がついたら、すがたを消していたんだ。おおかた、いやけがさして、逃《に》げだしたんだろうよ。この庭は、ちょいと変わっているからな」

キミドリにそういわれても、ホップは、なっとくができません。こんなすばらしい庭から、逃げだす庭師《にわし》がいるものでしょうか。

イダも、モリスのことは、あまり話したくないようでした。

「モリスには、モリスの生きかたが、ありますからね。あなたが気にすることは、ひとつもないのですよ」

けれどもホップは、モリスのことが気になりました。

(きっとモリスは、ぼくの部屋《へや》を使っていたんだ。いったいどんな、ひとだったんだろう)

ホップはモリスが残したものがないか、調べてみました。戸棚《とだな》にも、洋服ダンスにも、なにも手がかりはありません。

机《つくえ》のひきだしも、確《たし》かめました。すると、いちばん下のひきだしが、開けにくいのです。

(なにか、つまってるみたいだぞ)

ホップは上のひきだしをはずして、のぞいてみました。奥《おく》に、ちいさくたたんだ紙切れが、ひっかかっているではありませんか。

とりだしてみると、それは古くて、茶色くなった紙切れでした。しわをのばすと、青いインクで、こう書いてあります。

「柳《やなぎ》の下の、魚にちゅうい」

どういうことかと、ホップは首をひねりました。これはやっぱり、雨降《あめふ》らしの柳《やなぎ》のことでしょうか。

ホップはわきを通るたび、雨降らしの柳の下に目をやりました。地面は濡《ぬ》れていますが、魚がいるような水たまりはありません。

あのメモには、なにかほかの意味があるんだろうか。そう考えていた、ある日。柳の根もとで、ぴちゃ、ぴちゃ、と水のはねる音がしました。

ホップは、落ちた柳の葉に、雨粒《あまつぶ》があたっているのだと思いました。けれどよくよく見ると、それは、柳の葉ではありませんでした。柳の葉のかたちをした、みどり色の魚だったのです。

「お助けください、お助けください」

ひらぺったい魚は、細い声をあげました。

「このままでは、息があがってしまいます。どうかわたくしを、池にはなってください」

魚は苦しそうに、のたうちまわっています。ホップは魚をつまむと、いそいで池まで行って、魚をはなってやりました。

ところが池に落ちるやいなや、魚は、柳《やなぎ》の葉にもどっていたのです。柳の葉は、ゆうらりと水にうかび、しずかに遠ざかっていきました。

ホップは、目をぱちくりさせました。まるで、夢《ゆめ》でも見ていたようです。

（いまのは、なんだったんだろう）

しばらく池を見つめていましたが、なにも変わったことは起こりません。

小屋にもどってきたホップは、口をあんぐり開けました。

いつもの小屋は消えていて、そこにあったのは、すばらしいお城《しろ》だったのです！

ホップは彫刻《ちょうこく》がびっしりついた、重々しいとびらにふれてみました。するととびらは、ひとりでに開《あ》いたではありませんか。中をのぞくと、ぜいたくな家具がならび、天井《てんじょう》にはクリスタルのシャンデリアがきらめいています。

どこからか、葉ずれのような、ひそやかな歌声が聞こえました。

「忘《わす》れていたことを　思いだす時が来た
水の上を歩くように　時をさかのぼろう
さやかな風に乗って　すべてが生まれるところへ」

ホップはその歌を聞いていると、なんともせつない気分になりました。はじめて聞く歌なのに、とてもなつかしいのです。お城《しろ》全体が、その歌声にあわせて、かすかにふるえているようでした。

ホップはとびらを開けたまま、お城に入りました。そして歌声にみちびかれて、階段《かいだん》をのぼっていきました。

すると、おいしそうなにおいがしてきました。きれいな服を着た犬が、お菓《か》子《し》のならんだテーブルについています。犬はちょうどパンケーキに、はちみつをかけているところでした。

ホップに気づくと、犬は陽気な声をあげました。

「おや、きみは新入りだね！　ちょうどいい、いっしょにお茶にしないかい？」

「どうも、ご親切に。それはそうと、ここはいったい、どこなんでしょう？」

「さあさあ、むずかしい話はあとだ。お茶が冷めてしまうよ」

毛づやのいい犬は、ホップに椅子《いす》をすすめました。ホップは席について、すすめられるまま、ケーキをつまみました。びっくりするくらい、おいしいケーキです。

「どうだい、うまいだろう？」

「ええ、とっても。それで、ここは、あなたのお城《しろ》なんですか？」

「ははは、まさか。ぼくは、モリス。この城《しろ》の住人だけど、持ち主じゃない」

「モリス？　じゃあ、もしかして、庭師《にわし》見習いだったひとですか？」

「庭師見習い？　そういえば、そんなことをしていた時もあったなあ」

「ぼく、ホップっていいます。いまはぼくが、イダさんの庭で見習いをしているんですよ。ぼく、あなたのメモを見つけたんです。『柳《やなぎ》の下の、魚にちゅうい』って」

「ああ、それはぼくのメモじゃない、あれはむかしっから、あそこにあるんだ。ずっと前に見習いだった、ガストもそれを見た。ぼくの前に見習いだった、ラエルもね」

「え？　それじゃ、庭師見習いは、みんな、この城にいるんですか？」

モリスは、ぱちんとウィンクをしました。

「いや、残念ながら全員じゃない。柳の下に、いつも魚がいるとは限《かぎ》らないからね。いずれ、みんなに会えるよ。この城《しろ》じゃ、だれも年をとらないんだ」

「まさか。冗談《じょうだん》でしょう？」

「ほんとうだとも。もっとも、きみが年よりになりたいっていうんなら、話はべつだがね。なにしろここは、なんでも望みがかなう、夢《ゆめ》の城なんだ。たとえば肉が食べたいと思えば、このとおり」

モリスが指をぱちんと鳴らすと、骨付《ほねつ》き肉をのせた皿が、ぱっとあらわれました。びっくりしているホップを見て、モリスは楽しげに笑いました。

「さあ、きみも、なにか食べたいものをいってみろよ」

「……くるみパン」

ホップがそういったとたん、くるみがぎっしりつまったパンが、さっとあらわれました。焼き立てで、ほかほかと湯気《ゆげ》が出ています。

「どうだい、ゆかいなものだろう？　きょうからきみも、この城の住人さ！」

「うわあ、ほんとに、すごいな。でもぼくがここにいるのを、イダさんは知らないし、いったんもどらないと……」

「いや、それがだめなんだ」と、モリスはいいました。「いったんこの城《しろ》を出たら、二度ともどっては来られない。そういう、決まりなんだ」

「でも」

「なあ、これは一度っきりの、とほうもないチャンスなんだぜ。思いのままになるのは、食べものだけじゃない。どうだいきみ、庭師《にわし》だったら、最高の庭を見たくないか?」

「最高の庭?」

「そうだとも!　この城の庭を見たら、時知らずの庭なんて、ありきたりな場所に思えるだろうよ。この城の庭こそ、まさに夢《ゆめ》の楽園なんだ。たとえばきみだって、白い花はたくさん見たことがあるだろう。ところがいっぺんここの庭を見れば、白いっていうのがどんなことなのか、まるで知らなかったことがわかるのさ。来いよ、きみに夢《ゆめ》の庭を見せてあげよう」

ホップは胸《むね》をときめかせて、モリスのあとに続きました。廊下《ろうか》の花瓶《かびん》にも、しみひとつない花々が、あふれるように咲《さ》いています。

「この城《しろ》に来られて、ぼくらはまったく、幸運だよ」と、モリスがいった時です。ホップは花瓶の中に、大輪のタンポポを見つけたのです。

願いタンポポのことを思いだして、ホップは足を止めました。

キミドリの夢をかなえるためには、自分の幸運をひとつ、あきらめる必要があるのです。

夢の庭があるほうから、心をかきみだす歌が、聞こえてきます。

「忘《わす》れていたことを　思いだす時が来た
水の上を歩くように　時をさかのぼろう

さやかな風に乗って　すべてが生まれるところへ」

ホップはぎゅっとこぶしをにぎり、かすれた声でいいました。

「ごめん、ぼく、だめなんだ……」

ホップはくるりと背《せ》をむけて、走りだしました。モリスがひき止める声が、うしろで聞こえます。ホップは身を裂《さ》かれるような思いで、城《しろ》からとびだしていました。

息をはずませてふりむくと、もう、城は消えていました。そこにあったのは、見慣《みな》れた庭師《にわし》小屋だけ。

ホップはたまらなくなって、かけだしました。そして知らぬまに、雨降《あめふ》らしの柳《やなぎ》の下に来ていました。雨はベールのように、あたりをしっとりと濡《ぬ》らしています。ホップは顔に手をあてて、おいおいと泣きました。

風にしなう柳の葉が、ホップの頭を、そっとなでていきます。

ホップが顔をあげると、いつのまにか、イダが立っていました。

「ホップ、どうしたの？」

「なんでもありません。ぼく、ただ……すごく、きれいな歌を聞いたんです」

ホップは涙《なみだ》をぬぐって、立ち上がりました。イダはなにもいわずに、そっと、ホップの肩《かた》に手をおいたのでした。

9

踊るヒナギク

「ホップは、器用ねえ」

イダが、しみじみといいました。

ホップは、長すぎるズボンのすそを、まつっているところでした。

「そうですか? まあ、針《はり》仕事は、きらいじゃありませんから」

「えらいわねえ。わたしは、まるでだめ。エプロンのボタンがとれたら、ぬいつけるのがめんどうで、あたらしいエプロンに変えてしまうの。針に糸を通そうとすると、目がちかちかして」

ホップは、ふしぎな気がしました。垣根《かきね》をくむのでも、接《つ》ぎ木をするのでも、イダぐらいじょうずなひとは、見たことがありません。お裁縫《さいほう》だけ、苦手ということが、あるのでしょうか。

「よかったら、ぼくがボタンをつけましょうか」

「あら、そんな……でも、そうねえ」

イダはそわそわしていましたが、やがてボタンのとれたエプロンをもってきました。ホップはすぐに、ちくちくとボタンを縫《ぬ》いつけてあげました。

「まあ、ほんとうにじょうず」

「こんなこと、なんでもありませんよ。ほかにもあったら、いってください」

ホップはかるい気持ちで、そういいました。するとイダは顔を赤らめてから、奥《おく》にひっこみました。そしてやまほどの服を、かかえてきたのです。

「このブラウスもボタンがとれていて、こっちにはかぎざきが……。あの、ほんとうに、時間のあるときでいいんだけれど」

ホップは目をぱちくりさせましたが、せっせと縫いものをはじめました。ものを直すのは、もともとすきだったのです。

イダはたいそうよろこんで、かごいっぱいに、アンズの実をとってきてくれました。

ひと仕事終えたホップは、アンズをかじりました。あまく熟《じゅく》した汁《しる》が、あごをつたわります。アンズの実は、どれもぷりっとして、傷《きず》ひとつありません。

「前からふしぎだったんですけど、どうしてこの庭の木の実は、鳥に食われないんでしょう。こんなあまいアンズ、ふつうなら鳥がほっときませんよ」

「むかしはヒヨドリに、だいぶ荒《あ》らされたの。それで、リリスが怒《おこ》ってね。いまはどんな鳥も、寄《よ》せつけずにいるの」

イダは、直された服を手にとりました。

「まあホップ、どうもありがとう。どこをどう直したのか、見わけがつかないくらいだわ」

ホップは、いい気分でした。なにをしてもかなわないと思っていたのに、思いがけず、イダより得意なことがあったからです。

「イダさんにも、できないことって、あるんですね」

「まあ、もちろんよ。できることのほうが、すくないくらいだわ」

「でも庭仕事なら、なんでもできるでしょう?」

「とんでもない。失敗することだって、しょっちゅうよ。でも、だいじなのは失敗しないことじゃない。失敗するのに、たえることだと思うの」

「でも、たとえばなにに失敗したんです?」

「ヒナギクを、踊《おど》らせること」

「え、なんですって?」

ヒナギクが踊ると聞いては、ホップは、じっとしていられません。

イダが見せてくれたヒナギクは、温室の前の花壇《かだん》にありました。かわいらしい、丸い花がならんでいます。

「この庭につたわる図鑑《ずかん》には、花をゆらして踊る、と書いてあるのよ。でも、まだ一度も、踊るのを見たことがないの。土を変えたり、いろいろ、試《ため》してはみたのだけれど」

「へえ、そうですか。よかったら、ぼく、すこし世話をしてもいいですか?」

「ええ、かまわないわ」

ホップは、むちゅうになって、ヒナギクを見つめました。ヒナギクを踊《おど》らせて、イダをあっといわせてみたい。そんな望みが、ふつふつとわいてきたのです。

イダは、踊るヒナギクの栽培《さいばい》ノートを、ホップに見せてくれました。イダはありとあらゆるくふうをしていて、これいじょうにできることなど、ホップには思いつけないほどでした。

(もしかしたら、ヒナギクは、だれも見ていない時に、こっそり踊っているのかもしれないぞ)

そう思って、ホップは垣根《かきね》のすきまから、ようすをうかがってみました。それでもだめとなると、ひと晩中《ばんじゅう》、寝《ね》ずの番もしました。

たまにヒナギクがゆれると、ホップは、やったと思いました。けれどそれは、風でゆれているだけだったのです。踊《おど》ってくれるようにたのみこんでも、ヒナギクは知らん顔です。

(踊ってもらうには、なにが必要かなあ。そうだ、歌だ。ちょうしのいい歌を聞けば、ぼくだって踊りたくなるもの)

ホップはヒナギクの前で、から豆の歌を歌いました。

「さあ　このひとときを　楽しもう
これから三晩《みばん》は　秘密《ひみつ》のお祭り
しゅっぽん　しゅっぽん　しゅっぽんぽん
まめにはじけて　遊ぼうよ
朝の光が　照らすまで」

けれど、踊《おど》りだしたのはホップだけでした。ヒナギクたちは、そよとも動きません。

(ぼくの歌が、へたなのかなあ)

そこでホップは、ハモニカを吹《ふ》いてみました。

ぷっぷらぷっぷら、ぷわっぷわっ。

反応《はんのう》、なし。

ホップはやけになって、ぴゅうぴゅうハモニカを鳴らしました。

「まったく、うるさいなあ。なにを騒《さわ》いでいるんだ」

やってきたのは、ドードー鳥のキミドリです。

「騒いでるわけじゃ、ないよ。ヒナギクに、音楽を聞かせているんだ」

「はあ?　あれが音楽だって?　ただの騒音《そうおん》じゃないか。この世界で、音楽を理解《りかい》している生きものは、われわれ鳥だけだな。まったく、話にならない」

「そんなにいうんなら、きみが、音楽をかなでてくれよ。ヒナギクが、思わず踊《おど》りだしたくなるような、すばらしいやつを」

「もちろんだとも。妙《たえ》なる調べを、聞かせてやろうじゃないか」

キミドリは羽をばさつかせ、「ぐえっ、ぐえっ」と、鳴きました。

まるで、げっぷをしたような声です。

すると、どうでしょう。ヒナギクが、ぴくりとふるえたではありませんか！

「そうら見ろ」

キミドリは、鼻高々でした。

「ヒナギクが踊ったぞ」

「そうかなあ。ぼくには、ぞっとしてるみたいに見えたけど」

「しっけいなやつだな。ま、しょせんきみには、高尚《こうしょう》な音楽は理解《りかい》できないだろうよ。なにしろきみは、鳥じゃないんだから！」

キミドリはおしりをふって、立ち去りました。

ホップは、ふと、あることがひらめきました。

「すみません、イダさん。ぼく、ちょっと森へ行ってきていいですか」

許《ゆる》しをもらったホップは、庭を出て、森へかけていきました。そして、緑にしげった低い木を見つけては、あるものをさがしたのです。

ホップが、なにをさがしていたか、みなさんにわかるでしょうか？

しばらくして。

よろこびで、はちきれそうになったホップが、イダのところへやってきました。

「あの、ちょっと、来ていただけますか？　お見せしたいものがあるんです」

ホップがイダを案内したのは、もちろん、踊《おど》るヒナギクの花壇《かだん》でした。

ヒナギクの前には、おおいをかけたいれものが、置いてありました。

ホップがおおいをはずすと、あらわれたのは、鳥かごでした。中には、一羽の小鳥が入っていました。

小鳥は居心地《いごこち》が悪そうに足を踏《ふ》みかえるばかりで、鳴こうとはしません。

そこでホップは、鳥かごのかけがねをはずしました。

小鳥はさっととびたって、アンズの木の上に止まりました。

ホップもイダも、小鳥を見上げました。小鳥は小首をかしげてあたりをうかがうと、丸い胸《むね》をふくらませました。

「ホー、ホケキョ」

鳥は、ウグイスでした。そのすんだ声が庭にひびいたとたん、ヒナギクが、ふわりと花をゆらしました。イダも、はっとして目をみはります。

金管楽器のような声で、また、ウグイスが鳴きました。

ヒナギクは、その声に耳をすませるように、首をふりました。ダンスを踊《おど》っているような、優雅《ゆうが》な動きです。

「ああ」と、イダがため息をもらしました。

「そうだったのね。この庭には、鳥が必要だったんだわ」

大蛇《だいじゃ》のリリスは、鳥たちから、この庭を守っていました。けれどそのせいで、ウグイスも庭に来られなくなりました。それで踊《おど》るヒナギクは、踊れずにいたのです。そのことに、ホップは気がついたのでした。

「ありがとう、ホップ」と、イダはいいました。

ホップは幸せな気持ちで、ウグイスを見上げました。その歌声に、踊るヒナギクだけではなく、庭全体の草木が聞きいっています。

ホップには、それが感じられたのでした。

10

ことつげの葉

時知らずの庭のまん中には、まことに変わった木がありました。

みどりの葉が、黄色や赤に変わる木はあります。けれどこの木は、一枚一枚《まい》、葉の色がちがうのです。ピンク色、きみどり、青、藤《ふじ》色、黄色。まるで虹《にじ》のように、さまざまな色の葉がしげっています。

変わっているのは、それだけではありません。

風にそよぐ時など、つやのある葉っぱに、文字がうかんでは消えるのです。

つげの一種であるこの木は、ことつげの木と呼《よ》ばれていました。

ホップは木にのぼって、葉にうかぶ文字を、読んでみることがありました。

それはたいてい、文章のきれはしでした。

「とびたったあと、島には」

「においで、おなかがいっぱいに」

「には気づくべきでした。なぜなら」

といった具合です。

「オレも一日、ながめていたことがあるけどね。てんでんばらばらで、まったく、つながらないのさ。意味なんて、とくにないと思うね」

ドードー鳥のキミドリは、そういいます。けれどホップは、ことつげの木は、とても長いお話を語っているのではないかと、考えていました。

ある日、ホップがことつげの木の下を、通りかかった時です。

一枚《まい》の葉が、ホップの頭の上に落ちてきました。

つまみあげてみると、ことつげの木から落ちた、赤むらさき色の葉でした。

その上に、こんな文字が、きらめいています。

「ホップは麝香草《じゃこうそう》の谷で、ついに」

その言葉は、あっと思う間に、消えてしまいました。

(見まちがいじゃ、ないよな。たしかに、ぼくの名前だったもの。ついにって、

いったいつ いに、どうなるんだろう?)

　ホップはさっそくイダに、このことを話しました。

「麝香草《じゃこうそう》の谷、ねえ。どこにあるのかしら」

「きっと南の谷の、どこかですよ。イダさん、ぼく、お休みをもらって、さがしに行ってかまいませんか?」

「もちろんよ。カレーサフランの植え替《か》えをして、ラズベリーハッカの苗《なえ》を植えて、種の整理が終わったらね。ことつげの木の言葉なら、きっと意味のあることですもの」

　ホップはいそいで仕事をすますと、南の谷へ出かけました。外は冬もまぢかで、空気がきりりとしています。

　ホップはまず、南の谷の知りあいに、話を聞こうと思いました。モドリ虫退《たい》治《じ》で出会った、カワウソのグリンです。

湖につくと、ちょうどグリンが、釣《つ》りから帰ってきたところでした。

「やあ、ホップじゃないか。ひさしぶりだなあ」

「グリンさん、お元気そうですね」

グリンがおりてきたボートには、若《わか》いカワウソがいて、釣り具を片《かた》づけています。

「息子《むすこ》の、ジーニョさ。こっちへ、ひきあげてきたんだ」

うれしさをかくしきれない顔で、グリンがいいました。そしてホップに、ジーニョを紹介《しょうかい》したのです。ジーニョは内気で、まじめそうな若者でした。

「お父さんを、手伝うことにしたんですね」

「ええ。ひさしぶりに会いに来たら、ひとりで頑張《がんば》ってる親父《おやじ》を見て、かっこいいなって思ったんです。むかしは漁師《りょうし》なんて、ぜったいいやだと思ってたけど」

「ジーニョ」という声がして、小屋の中から、カワウソの娘《むすめ》さんが顔を出しました。かわいい赤《あか》ん坊《ぼう》を、腕《うで》にかかえています。ジーニョがとんでいったところを見ると、お嫁《よめ》さんなのでしょう。

「お孫さんですか？　グリンさん、よかったですね！」

「いやなに、これもあんたのおかげだよ」

グリンは、しみじみと、そういいました。

「そんなことは、ありませんけど。それよりグリンさん、麝香草《じゃこうそう》の谷って、知っていますか？」

「名前は、聞いたことがある。霧迷《きりまよ》い村をこえて、のこぎり山の奥《おく》にある谷だ」

「ああ、それじゃ、この近くじゃないんですね」

「そうとも。ここいらのものは、霧迷い村でさえ、よけて通る。まして麝香草の谷に近づけば、よくないことが起きると、いわれているんだ。おまえさんまさか、そこへ行こうっていうんじゃないだろうね？」

グリンは、心配そうにホップを見つめました。

「ええ、ぼく、確《たし》かめたいことがあるんです。だいじょうぶですよ。あぶなそうだったら、ひきかえしますから」

ホップは、あかるく、そういいました。不安になってきたのを、さとられたくなかったのです。グリンはホップを止められないと知ると、湖のむこう岸まで、ボートで送ってくれました。

南の谷の先に来たのは、ホップも、はじめてでした。

くねくねした山道をのぼっていくと、しだいに、霧《きり》が出てきました。

（霧迷《きりまよ》い村は、まだかなあ）

日も暮《く》れて、こころ細くなってきたときです。「止まれ！」という、うなり声がしました。とびだしてきたのは、からだの大きなクマです。

「きさま、よそものだな。霧迷《きりまよ》い村に、なにをしに来た？　オレたちのものを、盗《ぬす》みに来たんだろう！」

いつのまにか、大きなクマが何頭も、ゆく手をふさいでいます。

「ぼくは、あやしいもんじゃありません！　麝香草《じゃこうそう》の谷に、行くとちゅうなんです」

麝香草の谷と聞くと、クマたちの顔が変わりました。

一頭のクマが、きゅうに愛想《あいそう》よくなって、ホップにいいました。

「それは、ご苦労なこった。しかし、もう日も暮《く》れる。今夜はオレたちの村で、ゆっくりしていくといい」

ホップはクマにかこまれて、村の宿屋に、つれていかれました。クマたちは、すぐに酒を飲みはじめました。ホップはいやいや、クマの相手をしました。

「麝香草《じゃこうそう》の谷には、よく行かれるんですか?」

「もちろんだとも。麝香草は、高く売れるからな。ちょうどいまじぶんが、花ざかりだ」

「近づくとあぶないって、うわさを聞きましたけど」

「ああ、魔物《まもの》が住んでるって話だろう? そんなものは、でたらめさ」

クマたちは、どうも信用がおけませんでした。ホップが酔《よ》いつぶれたふりをすると、クマたちは、ひそひそ話をはじめました。

「こいつを、どうする?」

「金目《かねめ》のものは、もっちゃいないな。このまま、谷に行かせりゃいい。魔物におそわれても、知ったこっちゃない。万がいち、助かって麝香草をとってきたら、そいつをいただきだ」

(どうやら、ほんとうに魔物がいるらしいぞ)

ホップは不安になりましたが、それより酒くさいクマたちが、いやでたまりません。夜が明けきらないうちに、ホップは霧《きり》にまぎれて、村をぬけだしました。

霧が晴れると、ほどなく、立て札《ふだ》がありました。

「これより先　入るべからず
麝香草《じゃこうそう》をとる者は　ナイレクの魔物《まもの》に呪《のろ》われる」

ホップはよっぽど、ひきかえそうかと思いました。

(魔物に呪われるなんて、いやだ。でもここでひきかえしたら、ずっと気になって後悔《こうかい》するにちがいない)

ことつげの葉によれば、ホップは麝香草の谷で「ついに」なにかをするはずなのです。

(話せばわかってもらえるさ。そうだよ。ぼくは、ほんものの龍《りゅう》と話したこと

だって、あるじゃないか)

ホップは勇気を出して、麝香草《じゃこうそう》の谷に入っていきました。

いちめんの麝香草が、銀色の葉をゆらしています。ホップが進んでいくと、おそろしいうなり声が聞こえました。

「帰れ！　帰れ！　盗人《ぬすっと》め、命がおしくないのか！」

声は、洞窟《どうくつ》の中からひびいてきます。ナイレクの魔物《まもの》です！

「ぼ、ぼく、麝香草を盗みに来たんじゃありません！」

「嘘《うそ》をつくな！　呪《のろ》われて、石になりたいのか？」

見れば洞窟のまわりには、大小の石がころがっています。中には、クマのかたちをした石もありました。

ホップは、ぞおっとしました。もしかしたら、自分はここで「ついに」石になってしまうのでしょうか？

ナイレクの魔物《まもの》が、うなりながら近づいてきます。

「待ってください！　ぼくの話を聞いて！」

「うるさい！　おまえは石になるのだ！」

魔物が、洞窟《どうくつ》から出てきました。頭は、つののあるヤギ。しっぽはオオカミなのに、ぶきみな羽がはえています。

ホップは、息をのみました。そのときホップの鼻先を、タンポポの綿毛《わたげ》がかすめたのです。綿毛は魔物のほうへとんでいきました。

「ぶわっくしょーい！」

魔物がくしゃみをして、タンポポの綿毛がぱっと散りました。すると魔物の頭が、ごろりと地面に落ちたではありませんか。

その下から、あらわれた顔を見て、ホップは声をあげました。

「キミドリ！」

そう、その顔はドードー鳥のものでした。ヤギの頭をかぶり、オオカミのしっぽで変装《へんそう》していたのです。

「きみ、こんなところで、なにをしてるんだ!」

ドードー鳥は、あわてて落としたヤギの頭をかぶると、胸《むね》を大きく、ふくらませました。

「うるさい! オレはこの谷に住む、ナイレクの魔物《まもの》だ!」

「なにをいってるんだ。きみは魔物なんかじゃない。ただの、ドードー鳥じゃないか!」

ドードー鳥は、凍《こお》りついたように立ちすくみました。

「えっ? どうしてそれを……」

どうも、ようすがへんでした。キミドリとは、声がちがうのです。ふしぎに思ったホップは、さっき見た、タンポポの綿毛《わたげ》を思いだしました。

（いまはタンポポの季節じゃない。あれは、願いタンポポの綿毛《わたげ》だ！）

電流に打たれたように、ホップのしっぽが、ぴんと立ちました。

「ああっ。きみ、もしかしてキミドリじゃない、べつのドードー鳥なのかい？」

「キミドリ？　まさか、ほかにも、ドードー鳥がいるっていうのか？」

「そうだよ。ぼくの友だちだ。やった！　願いタンポポが、願いをかなえてくれたんだ！　ついに、ドードー鳥を見つけたぞ！」

ホップはうれしくて、とびまわりました。ことつげの葉は、ホップが「ついに」ドードー鳥を見つけることをつげていたのです。

残念ながらメスではありませんが、自分の仲間を見たら、キミドリはどんなによろこぶでしょう。ホップは、いっしょに来るように、ドードー鳥をさそいました。

ところが、ずっとひとりで暮《く》らしていたドードー鳥は、うたぐりぶかくなっていました。

「おまえが嘘《うそ》をついてないって、証拠《しょうこ》はないからな。それにもし、キミドリと気があわなかったら？　ひとりのほうがよかったと、苦しむことになるんだ」

「だいじょうぶだよ。ところでこの石だけど、ほんとうにきみが、クマを石に変えたの？」

「いや。あいつらがこわがるように、それらしい石を置いておいたのさ」

「でも、もしもきみが魔物《まもの》じゃないって、ばれちゃったら？　あのクマたちは、きみをひどい目にあわせるよ」

ドードー鳥が、ようやく決心してくれたときには、夕暮《ゆうぐ》れになっていました。

ホップたちは、クマたちが寝《ね》こむのを待って、霧迷《きりまよ》い村を通りぬけるつもりでした。ところがクマというのは、犬の何倍も、鼻がきくのです。

「麝香草《じゃこうそう》のにおいだ！　あのリスが、麝香草をとってきたぞ！」

ホップたちには、麝香草のにおいが、しみついていたのです。クマたちは、たちまち群《む》れをつくって、ホップたちを追いかけてきました。ホップとドードー鳥は、ころげるように坂道をくだって、湖の岸にたどりつきました。

十五夜の月に照らされた湖を見て、ドードー鳥は悲鳴をあげました。

「ああ、もうおしまいだ！　オレは泳げない！」

ヨシのあいだにかくれても、クマたちは、においをかぎつけるでしょう。

「麝香草のにおいを、消さなけりゃ。泥《どろ》を塗《ぬ》りつけるんだ！」

ホップとドードー鳥は、泥の中をころげまわりました。

「さあ、勇気を出して。ふたりで、魔物《まもの》のふりをするんだよ！」

ホップはひきぬいたヨシをふりかざして、ドードー鳥の頭にとび乗りました。そしてドードー鳥は、つばさをはためかせて、おそろしい声をあげたのです。

「この湖に近づくと、呪《のろ》いをかけるぞ！」

泥《どろ》だらけのふたりは、月の光をあびて、おぞましい魔物《まもの》のように見えました。

おそれをなしたクマたちは、村に逃《に》げ帰ったのです。

安全なところまで来ると、ふたりはからだを洗《あら》って、時知らずの庭にむかいました。

門の上にいたリリスは、ドードー鳥を、だまって通してくれました。

「キミドリ！　キミドリ！　ぼくが麝香草《じゃこうそう》の谷で、なにを見つけたと思う？」

ホップは大声で、キミドリを呼《よ》びました。なにごとかと、イダも顔を出しました。

「なんだい、ぎゃあぎゃあ、うるさいな」

のっそり出てきたキミドリは、ドードー鳥を見て、口をあんぐり開けました。

「ほら、きみの仲間だよ。オスだから恋人《こいびと》にはできないけど……」

「オス？」

キミドリは、目をむきました。

「ホップ、きみは、まことにしっけいなやつだな。この天使のどこが、オスに見えるんだ？」

「え？　だって……」

ホップがきょとんとすると、天使と呼《よ》ばれたドードー鳥は、首をすくめました。

「オレ、いえ、わたしの名前は、クレナイ。ずっと魔物《まもの》のふりをしていたから、くせになっちゃって」

「もう、そんな必要はございませんぞ」。キミドリは、きどっていいました。

「とるにたらない庭ですが、ご案内いたしましょう。ところで、ツカノマ草は、ごぞんじですか？」

ホップとイダは、よりそうふたりを見送りました。
時知らずの庭の草花は、ドードー鳥たちを祝福《しゅくふく》するように、そよぎました。
ホップは自分の胸《むね》に、ふわりと花が咲《さ》いたように感じたのでした。

小森香折
こもり　かおり

1958年東京都生まれ。ちゅうでん児童文学賞大賞、新美南吉児童文学賞などを受賞。作品に『里見家の宝をさがせ！』『壇ノ浦に消えた剣』『いつか蝶になる日まで』（以上、偕成社）、『レナとつる薔薇の館』（ポプラ社）、『かえだま』（朝日学生新聞社）、『おひさまのワイン』（学研）、『パラレルワールド』（文研出版）、『うしろの正面』（岩崎書店）、『五月の力』『ニコルの塔』『さくら、ひかる。』（以上、BL出版）、絵本の翻訳に『おこりんぼママ』（小学館）、『びっくりたまご』（フレーベル館）、『喜劇レオンスとレーナ』（BL出版）など。

植田 真
うえだ　まこと

1973年静岡県生まれ。「イラストレーション」誌〈ザ・チョイス〉グランプリ、日本絵本賞などを受賞。作品に、絵本『スケッチブック』（ゴブリン書房）、『マーガレットとクリスマスのおくりもの』（あかね書房）、『トトンぎつね』（今江祥智・文、フェリシモ出版）、『まじょのデイジー』（のら書店）、『おやすみのあお』（佼成出版社）、『ぼくはかわです』（WAVE出版）、装・挿画に『オズの魔法使い』（江國香織・訳、小学館）、『都会のアリス』（石井睦美・作、岩崎書店）など。

時知らずの庭

2017年5月1日　第1刷発行

作＝小森香折
絵＝植田真
発行者＝落合直也
発行所＝BL出版株式会社
神戸市兵庫区出在家町2-2-20
電話●078-681-3111
http://www.blg.co.jp/blp
印刷・製本＝図書印刷株式会社
編集協力＝成澤栄里子

ISBN978-4-7764-0804-8　C8093
NDC913 151P 20×14cm